潮文庫

初恋さがし

真梨幸子著

新潮社版

11572

CONTENTS

初恋さがし

エンゼル様

相談受付日 2012.02.03

エンゼル様。どうか、良枝《よしえ》と村田《むらた》先輩が別れますように。そして、村田先輩が、私と付き合ってくれますように。

吉野《よしの》喜和子《きわこ》

＋

ＪＲ高田馬場駅から歩いて五分。早稲田通り沿いの雑居ビル、四階。

ミッコ調査事務所。

今日の依頼人は、少々面倒かもしれない。

所長の山之内《やまのうち》光子《みつこ》は、目の前に座る依頼人をしばらく観察した。この人は、もう三分以上も、光子が渡した名刺を見つめている。その手は土色で、相当にくたびれている。

光子は、依頼人の顔を覗《のぞ》き込んだ。

マスクをしたその顔からは、表情が読み取れない。ただ、その瞼《まぶた》だけが意味ありげに、粘ついた瞬《まばた》きを繰り返している。

光子は軽く咳《せき》払いした。

「では、ご依頼の内容を、詳しくお聞かせください」

「……はい」

依頼人は、相変わらず名刺を眺めながら、白髪交じりの頭をねっとりと撫《な》で付けた。その視線は、加工肉を隅々まで吟味するスーパーの客のように、ぎらぎらと容赦ない。

このような反応はいつものことだとばかりに、光子は慣れた口調で言った。

「ご安心ください。こう見えましても、わたくしは、かつて大手法律事務所で調査員をしていたんですよ。有名な事件もいくつか担当させていただきました」

「はあ」依頼人は名刺と光子を、交互に見やった。

光子は殊更《ことさら》、背筋を伸ばした。

「見た目はただのおばちゃんですが、実績だけは確かですよ」

そして、壁に貼《は》られた『初恋さがし』というポスターをちらりと見た。

「〝初恋さがし〟っていうのは、わたくしのアイデアなんです。いわゆる、初恋の人、探します……というやつです」眉《まゆ》を上下させながら、光子は得意げに言った。

「ただの人探しじゃ、注目されませんものね。やっぱり、なにか訴求ポイントがないと。いろいろと考えて、〝初恋〟がいいんじゃないかと。〝初恋〟って、なんだか特別な響きがありますでしょう？　だって、〝初恋〟って、人生でたった一度のことですもの。そして、〝初恋の人〟は、特別な存在ですもの。で、一年前、〝初恋さがし〟という企画を試してみたんです。そしたら、案の定、当たりまして、テレビでも紹介されたりしましたもんですから、おかげさまで、今ではそこそこ仕事をさせてもらっています。料金設定も良心的だと好評いただいておりますし、なにより、スタッフはみな女性。きめ細かい調査を得意としていますので、安心してご依頼ください。……それで、初恋の人をお探しですか？」

「いいえ」依頼人は、視線をそらしながら言った。腰はすでにソファから数センチ浮いている。

「では、どんなご依頼でしょう？」

光子は依頼人の体をソファに押し戻すかのように、声に圧力を加えた。

もう逃げも隠れもできない、興信所のドアを開けてしまったからには、悩みをすべて打ち明けてしまいなさい、疑惑をすべて吐き出してしまいなさい。そんな光子の気迫に、依頼人はようやく視線を定めた。覚悟を決めたようだった。ソファに腰を落ち着かせると、言った。

「この人を、探しています」

そして紙袋を膝《ひざ》に載せると、その中から一枚の紙を引きずり出し、それをそっとテーブルに置いた。

光子は老眼鏡をかけると、紙を手繰り寄せた。そこには住所と氏名が書かれている。ペン習字のお手本のような文字だ。どの文字も一画一画、必要以上に丁寧に書かれている。住所は、神奈川県横浜市の戸塚区……。

「この方を、お探しですか？」

「はい」

「この住所には、もういらっしゃらないのですか？」

「その住所は、もう、三十年以上も前のものなので」

「なるほど。それだけ経《た》っていれば、確かに転居している可能性が高いですね。……差し支えなければ、この方を探している理由をお聞かせ願えますか？」

「古い、知り合いです。どうしても、もう一度会いたくて」

「なるほど」

「ずっと忘れていたのですが、ここにきて、ふと、思い出してしまいまして。思い出した途端、この子のことばかり考えてしまって、落ち着かないのです」

「なるほど。いえ、珍しいことではないですよ。ある程度歳《とし》を重ねると、なにかをきっかけに、ふと、忘却の彼方《かなた》にあった遠い昔のことを思い出すものです。先日も、五十年前に埋めたタイムカプセルの場所を探してほしいという依頼がありましてね」

「それで、どのぐらい、かかりますか？」

「料金は……」

「いえ、時間です。すぐに探し出せますか？」

依頼人の顔が、すぐそこまで迫っている。その額には青い筋が立ち、マスクは細かく震えている。光子は思わず、体をのけ反らせた。

「一概には言えないのですが――」

「できるだけ、早く」

「いや、しかし」

「ガンなのです」

「は？」

「ですから、私、末期ガンなのです！」

断末魔の叫びのように、依頼人の声に突然、力が漲《みなぎ》る。

「……ガン？」

光子は、再び体をのけ反らせた。

「先日、医者に宣告されました。私は、もうそれほど長く生きられません。時間がないのです。このままでは、死んでも死に切れません。あの子のことを気にしたまま死ぬわけにはいかないのです。私の人生、ろくなものじゃありませんでした。後悔だらけの人生です。眠れない夜も何百とありました。でも、死ぬときぐらいは、心清らかに、洗い立てのシーツにくるまったときのように心安らかに、目を閉じたいのです。ですから、どうか、どうか……」

依頼人の指が、光子の腕にきりきりと食い込む。とにかくその圧力から解放されたくて、

「分かりました。一週間、お時間をください」

と、光子は、応《こた》えた。

＋

西武新宿線。

新宿駅を出発して、もう五分ほど経つだろうか。喜和子は、手持ち無沙汰《ぶさた》に電車内に視線を巡らせた。

『安心、丁寧、低価格。女性スタッフが真実をズバリ、突き止めます。――ミツコ調査事務所』

中吊《なかづ》り広告が、水槽の中の水草のように揺らめいている。

こんな原始的な広告手段にどれほどの効果があるものなんだろうかと馬鹿《ばか》にしていながら、こうやってついつい見上げて凝視してしまうのだから、やはりそれなりの効果はあるのだろう。

喜和子は、いつのまにか伸ばしていた首を、亀《かめ》のように引っ込めた。そして、逆方向に視線を巡らせてみたが、そこにもやはり、中吊り広告。

『成功に導く十の魔法』

今度は、書籍の広告コピーだった。

成功？　喜和子はつい、鼻で笑った。そして、

この手の本は、成功のことしか言わないけれど、成功の秘訣《ひけつ》なんて千差万別。マニュアル化なんかできない。むしろ失敗のほうが、パターンは決まっている。失敗をしない方法について書けばいいのに。

こんな感じで評論家よろしく自身の主張を心中唱えてみるのだが、もちろん、それは独り言に過ぎない。

左手のレジ袋を、右腕に持ち替える。少々、買い過ぎたか。メロンパン十個。新宿のデパートの催事場、買うつもりはなかったが、その行列につい、釣られた。並ぶこと、二十二分。ここまで並んだのだから買えるだけ買わないと損だとばかりに、店員に向かって「十」という数字を口にしていた。ひとつ三百円で三千円。……とんだ無駄遣いだ。もう五十四年も生きているというのに、どうしていまだに「行列」と「損」にこうも簡単に騙《だま》されるのだろう。特に「損」というのは強烈な強迫観念だ。「損」を回避するために、かえって多くを失っている。

私のようなカモがいるから、資本主義は回っているのよ。

などと正当化してみるが、このメロンパンはさすがに手に余る。甘いものが好きな娘はすでに嫁に行き、家にいるのは甘いものが苦手な夫だけだというのに。仕方ない。明日、職場に持っていって、同僚に配ろう。賞味期限は明日とか言っていたから、大丈夫よね？

視線を右側に少しだけ動かすと、今度は女性週刊誌の広告。

『寿命が十歳延びる、とっておきの話！』

これ以上、寿命延ばしてどうすんのよ。超高齢社会に突入した日本はこれから大変だって、毎日のようにテレビで煽《あお》っているのに。今朝だって、年金と医療費で日本の財政は破綻《はたん》寸前とかなんとか、どこかのコメンテーターが偉そうに――。

あ。いつものが来た。

身構えるより早く、それは喜和子の体をあっというまに覆《おお》った。

あつい。

そう、「暑い」ではなくて「熱い」。

蒸気のような熱風が、身体《からだ》中を巡りはじめる。

ああ、あつい！

喜和子は、ダウンコートのボタンを一気に外した。

車窓の眺めは、絵に描いた様な冬景色。灰色の雲が深く垂れ込め、細かい雪がちらちら降っている。

道行く人々はそれぞれのコートを搔《か》き抱くようにしながら、風に煽られ、せかせかと歩いている。天気予報によれば最高気温二度。だというのに、喜和子の体はカイロのようにかっかと火照《ほて》り、背中には汗が次々と流れていく。今すぐコートも服も脱ぎ捨てたい。できたら、この窓を開けて、凍り付く外に身を投げ出したい。

せめて、座りたい。

しかし、席は空いていなかった。

日曜日の昼下がり。混んではいないが、シートは隙間《すきま》なく埋まっていた。喜和子は、ドア付近まで足を運ぶと、これ見よがしに体をドアに預け、斜め掛けしたバッグの中からタオルハンカチを取り出し、それを団扇《うちわ》代わりにおもいっきり扇《あお》ぐ。

ホットフラッシュ。

そんな言葉を知ったのは、五年前。いわゆる更年期症状のひとつだ。ホットフラッシュにはじめて襲われたその年、閉経した。つまり、もう女ではなくなった。

じゃ、今の私はなんだろう？　生物的には。

そういえば。日本人の平均寿命って何歳だっけ？　男女合わせて、八十代半ばぐらい？　まあ、八十歳として。……あと、二十六年。

あと二十六年。これが、若さと健康を保ったままならばいいのだが、細胞は間違いなく老化し続け、今こうしている間にも、老いは進んでいる。そもそも、ヒトは、こんなに長生きする必要なんかあるのかしら？　生物としての旬《しゅん》は、生殖可能な十代から三十代ぐらい？　あ、これは女性の場合。男性ならば、八十歳ぐらいでも生殖活動はできる。とはいえ、精子の状態を考えれば、やっぱり旬は四十代ぐらいまでじゃないだろうか。どっちにしろ、男も女も、花の季節は短い。「おにいさん、おねえさん」と呼ばれる期間はあっというまで、三十歳を過ぎれば「おじさん、おばさん」と呼ばれそれが三十年間ぐらい続いて、六十歳を過ぎれば「おじいさん、おばあさん」と呼ばれそれが死ぬまで二十年ぐらい、長生きな人ならば四十年近く。つまり、生物としてはおまけのような時代が平均で五十年、人によっては七十年続くのだ。もっといえば、生物としての魅力を失った状態で疎《うと》まれながら生きていく七十年！

「じゃ、私の場合は、あと、何年？」

喜和子はウンザリと呟《つぶや》いた。そして思った。

現実問題、もうすぐ、おばあちゃんと呼ばれる。

娘が、二ヶ月後に母になる。初孫が誕生するのだ。男の子か女の子かは分からない。分かっているはずなのに、娘が教えてくれない。

娘は、昔からそうだ。秘密主義。いや、違う。私にだけ秘密にするのだ。娘の反抗心は筋金入りだ。そう、私にだけ。

小さい頃は違ったのに。「ママ、ママ」と、ひとときも私の傍らを離れなかった。私も娘のことが心配で可愛《かわい》くて、一瞬も目を離さなかった。他からは過保護だと言われもしたが、なにしろ女の子だ。とにかく心配でならなかった。小学校に入った頃だろうか。「ママ」から「お母さん」と呼ばれるようになった頃から、あの子は私と距離を置くようになった。それでも私は、あの子のことが心配でならなかった。中学生になると「ババァ」なんて呼ばれることもしばしばあったが、それでも私は、あの子のことが心配で、あれこれと干渉しないではいられなかった。だから、結婚にも反対した。

だって、あんな甲斐性《かいしょう》なしの男。娘はきっと苦労する。だけれど、そのことが、いよいよ私と娘の溝を深めた。加速をつけて溝を飛び越えようとしても、なかなか飛び越えられないほどに。運よく飛び越えられるときもあるが、成功率は二割。今日は、たぶん、失敗だ。今朝からメールを送り続けているのに、あの子からはさっぱり返事はない。

失敗の原因は分かっている。あの子がいやがる言葉を綴《つづ》ったからだ。『しっかりしなさい』この言葉があの子の機嫌を損ねるのは充分に承知しているのに、どうしても言わずにはいられない。

夫に対してもそうだ。電車に乗る前に、「駅まで車で迎えに来て」と、命令口調で言ってしまった。命令されると夫は途端に不機嫌になることを百も承知で。

人は、どうして、失敗の原因を分かっていながらそれを回避できないのだろう。

『成功に導く十の魔法』

だから、こんなコピーに何度も騙されて、何度も縋《すが》ってしまうのだろうか。

それはそうと。

喜和子は、額の汗を拭《ぬぐ》った。

汗が、なかなか引かない。いつもなら、熱風は一分ほどで過ぎる。そのあとは、彫刻のように体はひんやりと冷たくなる。なのに、今日は、熱風がなかなか治まらず、このままでは焼け死にそうだ。

喜和子は、今一度、レジ袋を持ち替えた。空いた手で、ドア横の手摺《てすり》を摑《つか》む。

ふぅ、ふぅ、ふぅ、ふぅ。

前屈《まえかが》みになって、呼吸を整えてみる。大丈夫、大丈夫。すぐに治まるから。そんな呪文《じゅもん》を呟きながら、床を見つめていると、黒い塊が、足元に転がってきた。埃《ほこり》に絡《から》まった髪の毛の塊だ。避けられず、黒い塊がパンプスの爪先《つまさき》に絡まる。

「ひっ」

思わず声が出て、シートに座っていた老人がびくっとこちらを見た。そのマスクが細かく震えている。その膝には、水着姿の女性が表紙の男性誌。袋とじのミシン目を破ろうと、グラビアに指を差し込んでいる。が、悪戯《いたずら》を見られた子供のように、老人は慌《あわ》てて指を引き抜いた。しかしその指は未練たらたらで、一度は別のページを捲《めく》ってはみたものの、再びグラビアに戻ると袋とじのミシン目に照準を定める。

これだから、男は。こんな歳になっても、袋とじのヌードグラビアにギラギラ欲望を滾《たぎ》らすなんて。夫もそうだ、エッチな本を、いまだに隠れて読んでいる。

ああ、いやだ、いやだ。いやだ。

……うん？

……え？

やだ、このエロじいさん、なにやってるの？　右手が、あからさまに股間《こかん》をまさぐっている。

やだ、まさか、こんなところで？　……自慰？

喜和子の予感は的中し、老人のシワシワの手がズボンのチャックをするすると下げた。そしてベルトを緩め、ホックを外したかと思ったら、老人はパンツの中身を引きずり出した。

信じられない！

喜和子は、逃げるように、その場から立ち去った。車両の端まで来たところで振り返ると、老人が案の定、男性誌を見ながら自慰をはじめている。なのに、他の乗客は無関心。見て見ぬふりで、老人の奇行を許している。

信じられない、信じられない！

喜和子は勢いをつけて仕切ドアを開けると、そのまま隣の車両に飛び込んだ。

なんなの、あれは！

信じられない、信じられない、信じられない！

出かけるんじゃなかった。家にいればよかった。そもそも、今日は、一日家にいる予定だったのに。こんな雪の日は、家が一番なのに。

だけれども、昨日、良枝から三十年振りに連絡があり、会うことになった。そして、今日、新宿伊勢丹近くのイタリアンで再会した。

良枝とは、幼馴染《おさななじみ》だ。

小学校から中学校二年生まで同じクラスで、一時は親友と認め合うほどの仲だったが、良枝が一つ上の先輩と付き合うようになり、それからは距離を置くようになった。喜和子も好意を寄せていた先輩だった。はじめての失恋。とにかくなにもかも忘れたくて、無我夢中で勉強に励んだものだ。そのお陰で難関の名門女子高に合格したが、公立の共学に進んだ良枝とは、ますます疎遠《そえん》になった。歩いて十分もかからないようなご近所だというのに、高校時代はほとんど会うこともなかった。一週間に一度、バス停留所で挨拶《あいさつ》を交わす程度。

喜和子が地方の国立大学に進学し、良枝が地元の短大に進んでからは、さらに距離ができた。それでも良枝が結婚したときは、友人としてスピーチをした。本当は断りたかった。あのときの緊張を思い出すだけで、汗が噴き出す。もともと、人前でなにかをするのは大の苦手だ。それでも良枝の結婚を祝して、卒倒しそうになるのを何度もこらえて、スピーチしたのに。良枝だって、「夫に一生ついていくわ」なんて言って、幸せそうだったのに。

「なのに、離婚しちゃったなんて」

喜和子の口から、ふいに言葉が漏れる。それは思いのほか大きかったようで、斜向かいに立っていた女子高校生が、ぎょっとしてこちらを見た。

喜和子は、照れ笑いを浮かべながら、体の向きを変えた。

ホットフラッシュはようやく過ぎ、汗もいつのまにか引いている。

それにしても、良枝もおばちゃんになっちゃったものね。前に良枝と会ったのは、良枝の結婚式のときだから、三十年前。昔は、清楚《せいそ》で控えめな子だったのに、あんなに派手になっちゃって。そのアクセサリーはどれも大き過ぎて品がなかったし、そのサーモンピンクのワンピースは襟元が少々開き過ぎていた。なにより、あの安っぽい香水。あれはひどかった。せっかくのイタリアンが台無しだった。

熟年離婚か。

喜和子は、今度は頭の中だけで、改めて呟いた。

五十四歳で離婚だなんて。良枝、これからどうするんだろう？

＋

「まあ、どうにかなるわよ」

三十年振りだというのに、良枝はまるで先週会ったばかりの友人のように、親しげに言った。「幸い、家はあるしね」

だから喜和子も、親しい近所の人と井戸端会議をするように、言った。

「今も実家で暮らしているの？」

「うん。十年前かな、父と母が立て続けに倒れてね。介護が必要になったんで、一時的に実家に戻ったんだけど。なんだかんだで、結局、住み続けちゃった」前菜の生ハムとチーズをフォークでつっつきながら良枝は言った。「旦那《だんな》にとっては、いわゆるマスオさん状態。まあ、そういうことも、離婚の遠因かもね」

「直接の原因は？」パンを齧《かじ》りながら喜和子が訊《き》くと、

「浮気。旦那の浮気よ。風俗嬢にハマって、家出したの。でも、彼女に追い出されたみたいで、すぐに戻ってきたけど。今度は、私が追い出してやった」

と、良枝は特に隠しもしないで、しれっと言った。

「ありがちでしょう？　まあ、子供がいれば、浮気ぐらいは我慢してたかもしれないけど。子は鎹《かすがい》とは、よくいったものね。子供がいないと、夫婦の絆《きずな》なんてはかないものよ。……で、そっちはどうなの？」

「まあ、相変わらずよ」喜和子はパンをちぎりながら、肩を竦《すく》めた。「旦那のボーナスがちょっと下がったけど」

「でも、旦那さん、公務員でしょう？　公務員なんだから、ボーナスがちょっと下がったぐらい、どうってことないわよ。安泰よ、安泰」

「でも、家のローンがまだ終わってないのよ。ボーナスが減った分、私がパートに出ているの」

「パート？」

「近所の予備校で、経理の手伝い」

「へー、経理？」良枝は、大ぶりのネックレスを弄《いじ》りながら、妙な笑いを浮かべた。

「お子さんは？」

「娘が、一人。二十五歳。去年結婚して、家を出たけれど」

「へー、結婚したの」

「でも、式はしてないの。籍を入れただけ」

「もしかして、できちゃった婚？」

「まあ、そんなところ。再来月、出産予定」

「じゃ、喜和子、おばあちゃんになるの？」

「そう、おばあちゃん」

「へー。おばあちゃんか」

良枝が、再び妙な笑みを浮かべた。そして、繰り返した。

「おばあちゃん……ね」

あなただって、もう少しすれば、孫がいようがいまいが関係なく〝おばあちゃん〟と呼ばれるのよ。そう思ったが、喜和子は言葉を飲み込んだ。その代りに、話を引き戻した。

「それにしても、良枝、この歳になって離婚だなんて」

「この歳だからこそ、決心したのよ。残りの人生は、自分だけのために生きようって」

「自分だけのために？」

「そう。自分だけのために。もう、両親もいないしね」

「おじさんとおばさん、亡《な》くなったの？」

「うん。去年、母が亡くなってね。父は三年前に亡くなって……あれ、連絡しなかったっけ？」

連絡？　なに言っているのかしら。そもそも、この三十年、年賀状のやりとりもしていないじゃない。なのに、なんで、今回は連絡をくれたのだろう。……というか、なんで、うちの連絡先、知っていたんだろう？　私が結婚した頃から、まったく連絡が途絶えていたのに。ああ、そうか。たぶん、夫だ。今の家を買ったときに、夫が良枝にも転居届を出したんだ。あの人は、そういう無神経なところがある。

「そうそう、今回、連絡したのはね、ちょっと気になることがあったからなのよ」フォカッチャを引きちぎりながら、良枝。

「気になること？」喜和子も、フォカッチャを籠《かご》から小皿に移した。

「そう。先週ね、興信所から電話があって。あなたの居場所を探しているって」

「興信所？　なんで？」

「あの町にずっと住み続けているのは私ぐらいだから、私に問い合わせがきたんじゃないかしら。中学校の名簿を片っ端から当たっていたみたいだし」

「いや、そうじゃなくて、なんで、興信所が私のことを調べているの？」

「知らないわよ。興信所の人も教えてくれなかったし」

「それで、どうしたの？　私の住所、教えたの？」

「そんなわけないでしょ。だって、個人情報だもの。そんなに簡単に教えないわよ」

フォカッチャにオリーブオイルをたっぷりまぶしながら、良枝は語気を強めた。

「私、親友は裏切らないわ、昔から。……そうでしょう？」

「あ、ごめん。気を悪くしないで」喜和子は、反射的に謝った。良枝は、昔からこういうところがある。友情の押し売りだ。その友情はどこまでも清くて正しくて。でも、どこか鬱陶《うっとう》しくて。喜和子は、お冷やで唇を濡《ぬ》らすと、話を続けた。

「でも、気持ち悪いわね。なんだろう、誰が私のことを探しているんだろう？」

「もしかして、〝初恋の人、探します〟ってやつじゃない？」

「え？」

「テレビで見たことあるわよ。最近の興信所は、初恋の人探しの依頼が多いんだって」良枝は、フォカッチャの欠片《かけら》を振り回しながら言った。「そうよ、そうよ。きっとそうよ。なにか、心当たり、ない？」

「初恋？　心当たり？　ないわよ、そんなの」

「じゃ、その人の片思いだったのかもね。だって、喜和子、モテたじゃない」

「嘘《うそ》よ。そんなこと、ないわよ」

「あら、結構、ラブレター、もらってたじゃない？」

「まあ、多少は」喜和子は、頬が得意げに上がっているのを自覚しながら、生ハムを三枚重ねてフォークで掬《すく》い取った。

「喜和子、童顔で可愛かったもんね。なのに、胸だけはしっかりあって。今でいう、エロかわいい系？　ほんと、テレビに出ているアイドルなんかよりずっと、キュートだった」

良枝は、なにか含みを持たせて、言った。「でも、あの頃のアイドルも、みんなおばちゃんになっちゃったわよね。前にテレビで見て、びっくりしちゃった。あんなに可愛かったのに。……老いというのは、どんな人間にも平等に残酷なのね」

良枝は、にやつきながら、さらに続けた。

「喜和子、高校は天下の白薔薇《しろばら》女学院だったしね。女学院のセーラー服を着た喜和子見たさに、よく、バス停留所に地元の男子が屯《たむろ》ってたよね」

「やめてよ」と言葉では言いながら、喜和子の小鼻がひくひく蠢《うごめ》く。そう、あの頃は、確かに、男の子たちの視線をよく感じていたものだ。

「……私も、あのセーラー服、着たかったな。ね、セーラー服、とってある？」良枝は、フォカッチャを再び力任せに引きちぎった。

「あるわけないじゃない。うちの実家、私が大学生のとき、北海道に引っ越しちゃったじゃない？　だから。そのときに、たぶん、処分している」

「そうなんだ。残念」良枝は、最後のチーズを、フォークで突き刺した。「あ。セーラー服といえば」

「なに？」

「喜和子、高校に入学してすぐの頃、セーラー服を汚されたことなかった？」

言われて、喜和子の顔が強張《こわば》る。

そう、もう四十年近く前なのに、あのときのことはよく覚えている。通学のためにバスに乗っていたときのことだ。喜和子は座っていた。バスの揺れが気持ちよく、うたた寝をしていた。もうそろそろ終点かと目をうっすら開けたとき、なにか生温かいぬるっとしたものが頬にあたり、顔を上げると、性器を丸出しにしたマスクの男が喜和子の真ん前に立っていた。男はいやらしく笑いながら、マスク越しに言った。

『この白いの、なんだか分かる？』

——ああ、いやだ、いやだ。

喜和子は、グラスを手に取ると、中身を一気に飲み干した。あのときのことは、思い出したくもない。喜和子は、軽く頭を振ると、話題を変えた。

「で、あの町はどう？　私、高校を卒業して以来、全然行ってないんだよね。どう、あの辺、変わった？」

「うん、変わったよ。駅前なんか、もう立派になっちゃって。昔は、スーパーとボウリング場ぐらいしかなかったじゃない？　なのに、今は、デパートと高層マンションとショッピングモールができちゃって。私たちが住んでいた地区も、去年ぐらいから再開発の話がでていてね。……そうそう、私たちが通っていた中学校も廃校が決まったのよ」

「そうなの？」

「うん。来年、隣町の中学校と統合されるのよ。少子化の影響ね。私たちのときは十組まであったじゃない？　今じゃ、三学年とも一クラスだって」

「そうか。なくなっちゃうんだ、あの中学」

それまでは、滅多に思い出すこともなかった中学時代、が、学校がなくなると聞くと、途端に郷愁が込み上げてきた。手に負えない自意識と切なさと苛立《いらだ》ちと不安と。あの頃は、抱えきれない感情を持て余しながら、暗闇《くらやみ》を手探りで進むように家と学校を往復していたものだ。時には、訳の分からない焦燥感で途方に暮れながら。時には、訳の分からない優越感でステップを踏みながら。……もう、四十年も前のことだ。

「あの神社、覚えている？」

視線をテーブルに戻すと、良枝がフェットゥッチーネをフォークに巻き付けていた。喜和子の前にも、リゾットが置かれている。喜和子はスプーンを摑むと、言った。

「神社？」

「ほら、中学校の裏にあったじゃない、古い神社」

「ああ……」

学校の裏門を出ると、市営団地に続く細い坂道があった。山を切り崩してそのまま作業を途中で放り出したような崖《がけ》が足元に切り立っていて、ガードレールが申し訳程度に設置されてはいたが、そこから滑り落ちて怪我《けが》をした子供は少なくなかった。その道を抜けると、市営団地の裏庭に出るのだが、注意深く見てみると、その手前にもうひとつ細い道が隠されていて、茂みを分けて進んでいくと、神社があった。何を祀《まつ》っているのか本当の名前は何なのかも知らなかったが、その辺に住む子供たちには、

『エンゼル様』という呼び名で知られていた。喜和子も、一度、行ってみたことがある。

神社というよりは、祠《ほこら》だった。が、一応、小さな鳥居と賽銭箱《さいせんばこ》と祈願書を書く台のようなものがあったと記憶している。

エンゼル様に祈願すると、必ず願いが叶《かな》う。

喜和子がそんな噂《うわさ》を聞いたのは、中学三年生のときだ。

団地に住む小学生の誰かが、「おもちゃのカンヅメを下さい」と祈願したところ、金のエンゼルが当たったというのだ。エンゼルとは、チョコレート菓子のパッケージに印刷されている〝当たり〟だ。金と銀のエンゼルがあり、金の場合は一枚で、〝おもちゃのカンヅメ〟と交換できる。つまり、その小学生の願いは叶ったのである。このエピソードが元で、あの神社は『エンゼル様』と呼ばれるようになった。

こんなエピソードもあった。

とある女子生徒が少女漫画誌の『週刊少女J』最新号が欲しいと祈願したという。当時は、毎週少女漫画誌を買ってもらえる子はクラスに何人もいなかった。誰かが買った漫画誌を、発売から数日遅れで貸してもらうのがほとんどだった。そのためには、漫画誌を所有している子のお気に入りにならなくてはならない。が、その女子生徒はお気に入りになれなくて、漫画を回してもらったことがなかったという。そこで、『週刊少女J』を毎号、発売日に読ませてください」と、エンゼル様にお願いしたらしい。すると、その翌週から定期的に『週刊少女J』が届けられるようになったというのだ。

その他にも、願い事が叶ったという事例が次々と、風の便りで聞こえてきた。そんな噂に釣られて、喜和子もエンゼル様に行ってみた。中学三年生の夏休みのことである。噂では、誰にも知られず一人で行って、祠の前に置いてある紙に具体的な願い事を書いて賽銭箱に入れると、願い事が叶うという。

「でも、あれって、願いが叶っていないケースのほうが多かったんじゃないかしら」良枝が、フェットゥッチーネをフォークに巻き付けながら、言った。「だって、ほら、願いが叶ったケースは大袈裟《おおげさ》に拡散されるけど、叶わなかった場合は、特に話題にもされないじゃない？　そもそも、エンゼル様に祈願するときは誰にも知られないように参拝しなくちゃいけないんだから、願いが叶わなかった人は、そのまま黙っているもんじゃない？」

「確かに、そうね」リゾットをスプーンでかき混ぜながら、喜和子は深く頷《うなず》いた。「たぶん、あれは偶然に願いが叶ったケースが口コミで一人歩きしただけなのよ」と

いう良枝の分析に、

「金のエンゼルが当たったのは、確かに偶然だったのかもね」と、喜和子も同意した。

「でも、少女漫画誌が毎週送られてきたって噂は？」

「ああ。あれ、デマだったみたいよ」

「デマ？」

「それがね、ひどい話なのよ」良枝は顔を般若《はんにゃ》のように歪《ゆが》めると、一気にまくしたてた。

「三組に、カシワダって子がいたの覚えている？　その子、エンゼル様の賽銭箱に入れられている祈願書を盗んで、中身を見ていたみたいなの。で、その願い事をネタにして、お金をゆすっていたのよ」

「ゆすり？」

「願い事って、結構プライベートなことだったりするじゃない？　その人の本性というか、隠し事が分かるというか」

「まあ、確かに、世界平和とか家内安全とか、そういうことはわざわざ書かないかもね」

「そう、特にエンゼル様は呪《のろ》いにも使われていたから、誰が誰を憎んでいて、誰が誰を陥《おとしい》れようとしているのかも一目瞭然《いちもくりょうぜん》」

「ああ、そういえば、あの祈願書には、氏名と住所を書く欄もあったわね」

「でしょう？ だから、あの祈願書は格好のゆすりのネタになったというわけよ」

「でも、カシワダって子は、なんでそんなことを？」

「お小遣いが欲しかったみたいね。ゆすりで得たお金で、『週刊少女J』を購入していたみたいよ。つまり、少女漫画誌が毎週送られてきたって噂は、自作自演だったたってこと」

「やだ、そうなの？」喜和子の顔も、自然と歪む。「本当に、ひどい話ね。それにしても、なんでそんなに詳しく知っているの？」

「え？ ……噂よ、噂で聞いたのよ」

良枝は、フェットゥッチーネをゴルフボール大ほどにフォークに巻き付けると、それを口に押し込んだ。

「……そもそも、願いが叶ったところで、それが幸せにつながるかどうかなんて――」喜和子もリゾットをスプーンに山盛り掬うと、ぱくりと銜《くわ》え込んだ。

しばらくは、言葉が途絶える。

このまま食べることに集中してもいいが、リゾットはもう残り少ない。なにより、ちょっと気まずい。

何か言葉を探していると、先に良枝が口を開いた。

「雪、積もるかしら」

「きっと、うちのほうは、もう積もっていると思うわ。都心よりも、二度ぐらい、気温が低いのよ」

「帰り、大丈夫？」

「うん。旦那に駅まで迎えに来てもらうわ」

「そう」

良枝の香水が、ぷぅーんと漂ってくる。喜和子は、紙ナプキンで、そっと鼻を押さえた。

＋

「つまり、良枝はカシワダって子に、お金をゆすられていたのね」

電車のドアに体を預けながら、喜和子は心の中で呟いた。

「あ、でも、私も祈願書に願い事を書いたけど――」

カシワダって子からゆすられたことはない。もっとも、あんな内容じゃ、ゆすりのネタにはならないか。

——どうか、良枝と村田先輩が別れますように。

それにしても、馬鹿な祈願をしたものだ。これじゃ、願いというより、呪詛《じゅそ》だ。でも、たぶん、祈願と呪詛は似ている。きっと、自身の欲望を満たすには、誰かの幸福を横取りしなくてはならないのだ。実際、良枝が言うように、あのエンゼル様を呪いに利用していた人もいたと聞く。

メールの着信音が鳴る。娘かと思ったら、夫からだった。

『こっちは、もう雪はやんだ。だから、迎えに行かない』

なによ、これ。まったく、使えないわね！　携帯電話をバッグに放り入れたとき、中吊り広告が大きく歪んだ。

喜和子の体もバランスを失い、三歩ほど変なステップを踏まされる。

あと一歩で転倒というところで手摺をつかんだおかげで最悪なことにはならなかったが、手に持っていたレジ袋の中身のいくつかがみっともなくばら撒《ま》かれた。メロンパンが三個。そのひとつは、シートに座っている中年男性の足元に向かっておもしろいようにコロコロと転がっていく。それを追いかけようともつれた足を元に戻したとたん、後ろから声をかけられた。

「これ、あんたのだよね？」

え？

振り返ると、そこには、隣の車両にいたはずの、あのマスクの老人が立っていた。その左手には例の雑誌、そして、右手にはメロンパン。その指は、自慰をしていた指だ。見ると、なにか粘ついている。

「いえ」

否定してみたが、レジ袋の中身と老人が手にしているメロンパンはまったく同じものので、否定のしようがない。

「それ、差し上げます」

言いながら、喜和子は、じりじりと、後ずさった。なのに、

「ありがたいんだが、僕は、甘いものは医者に禁止されているんでね」

と、老人は、メロンパンを執拗《しつよう》に喜和子の前に差し出す。指先が、なにかぬるぬると、てかっている。

無理、無理、無理、無理！

老人を撥《は》ね除《の》けようとしたとき、電車が再び、大きく揺れた。老人の体が後ろによ

ろめく。その隙を狙《ねら》って、喜和子は車両の端まで早足で逃げ、そして、隣の車両に移った。

冗談じゃない。あんな指で触ったメロンパンなんて、もういらないわよ！

そもそも、なんで、電車の中で自慰をはじめちゃうような人を放置するわけ？　立派な痴漢行為じゃない。

あのときだってそうよ。私の真新しいセーラー服に、精液がぶちまけられたとき。誰も助けてくれなかった。誰もあの男を咎《とが》めようとしなかった。だから、あの男はのうのうと、次の停留所で降りて行った。あの男は、それからも、何度も同じバスに乗り込んできた。そのたびに、どれほど私が怯《おび》えていたか。あの男は、私の家の周りもうろつき――。

『そう。先週ね、興信所から電話があって。あなたの居場所を探しているって』

良枝の言葉が蘇《よみがえ》る。

嘘、まさか。あの精液男が、今も私を探している？

まさか、まさか。

まさか！

……あの老人が、あのときの男？

見ると、例のマスクの老人がこちらの車両に向かって歩いてくる。

来ないで、来ないで！

車掌はどこ？　痴漢がいるの、ストーカーよ！　早く、捕まえて！

声に出そうとしたとき、喜和子の体はいつもの熱風に覆われた。

熱い、熱い、熱い！

一斉に汗が噴き出す。まるで、サウナの中にいるようだ。

熱い、熱い、熱い！

いったい、どうしたこと？　最近、ホットフラッシュが頻繁にやってくる。今まではそれが過ぎるまでひたすら我慢していたけれど、さすがにもう限界だ。明日、病院に行って来よう。パートは……休ませてもらっても大丈夫よね。今は、繁忙期じゃないし、私一人いなくても、なんとかなるわよね？　あ、そしたら、このメロンパン、どうしよう？

熱い、熱い、熱い！

メロンパンなんて、この際どうでもいいわよ。とにかく、もう熱くて、たまらない。

喜和子は、斜め掛けしたバッグを外すと、ダウンコートを脱いだ。そして胸元が見えてしまうのもかまわずに、カットソーの襟元を大きく広げた。

熱い、熱い、熱い！

もう、限界だ！ と思った瞬間、電車が止まった。駅に到着したようだ。ドアがゆっくりと開く。

喜和子は、ドアが完全に開き切らないうちに、ホームに飛び降りた。縁もゆかりもない駅だけれど、そんなの今はどうでもいい。

とにかく、体を冷やしたい！

その願いを叶えるように、真冬の冷えた外気が、喜和子の体から一気に熱を奪う。

ああ、助かった。

しかし、次にやってきたのは、凍えるような寒さだった。頬にあたる雪が、針のように痛い。

喜和子は、コートのボタンを留めようと指をその位置に持って行ったが、そこにはボタンはなかった。

え、嘘、私のダウンコートは？

それどころか、バッグは？ そして、傘は？

両腕を目の前で伸ばしてみる。

腕に絡まっているのは、メロンパンが詰まったレジ袋。それだけだった。

ええ！　コートとバッグと傘、もしかして、電車の中？

しかし、もう電車は行ってしまった。その後部が、遠くに見えるだけだ。

嘘。

どうしよう？

私のコート！　寒くて、死にそうだわ！

それより、バッグ。あの中には携帯電話とお財布と——。

「これ、あんたのだよね？」

肩を叩《たた》かれて振り返ると、あの老人のマスクがすぐそこにあった。自慰老人だ。その手には、見覚えのあるコートとバッグと傘、そして、先程落としたメロンパン。

「ひいっ」

喜和子は、反射で、後ろに飛び退《の》いた。

「これ、あんたのだよね？」

いや、いや、いや、来ないで、こっちに来ないで！

「これ、あんたのだよね？」

だから、こっちに来ないで！

喜和子は、さらに体を後退させた。

しかし、そこはホームの端だった。

『3番ホームご注意ください。電車が通過します。黄色い線までお下がりください』

やだ、電車が来る。

喜和子は、体中のバネを使い、体勢を整えた。

電車が、もうすぐそこまで来ている。

喜和子は体をさらに逃がそうと、ホームの内側へと、体をひねった。

と、そのとき。

後ろから、香水の匂《にお》い。

え？　この匂い。

この匂いは……。

振り返るまもなく、喜和子は膝裏《ひざ》を軽く何かで突かれた。

膝ががくんと落ち、雪で凍り付いたホームの上、喜和子の靴はおもしろいように滑り、あがけばあがくほど、線路のほうに進んでいく。そして、とうとう、するすると線路に引きずり込まれた。

ひぃーーーーっ。

落ちる、落ちる、ホームから落ちるーーーっ！

来る、来る、来る、電車が来るーーーっ！

やだ、やだ、やだ！ やだーーーーーっ！

誰か、助けて！ 助けてーーーーーっ！

まだ、死にたくない！ せめて、平均寿命までは生きたい！

助けてーーーーーーっ！


しかし喜和子の願いは、警笛にかき消された。

＋

「気の毒ね」

ＪＲ高田馬場駅から歩いて五分。早稲田通り沿いの雑居ビル、四階。

ミツコ調査事務所。

所長の山之内光子は、朝刊を見ながら呟いた。

「ミツコ先生、どうしたんですか？」

調査スタッフの根元沙織《ねもとさおり》が、横から声をかける。

「主婦が駅のホームから転落して、特急電車に轢《ひ》かれたって」

「事故ですか？」

「たぶん。雪で足元が滑りやすくなっていたから、それが原因だろうって。でも、自殺の可能性もあるみたい」

「自殺ですか？」

「なんでも、その人、様子がおかしかったんだって。はじめは各停の電車に乗っていたらしいんだけど、いきなりダウンコートを脱ぎだして、バッグも傘も放り投げて、ぶつぶつ言いながら電車を降りて、そのすぐあと、特急電車に轢かれたみたい」

「なにか、悩みがあったんでしょうかね。お歳《とし》は？」

「五十四歳だって」

「ああ、近所のおばさんと同じ歳です。その人、更年期障害で、時々、衝動的に変なことをしちゃうんですよね。……その主婦も、そうだったのかしら？」

「なんでもかんでも、更年期のせいにするもんじゃないわよ。そういうステレオタイプな思考はどうかと思うわ。そもそも、更年期障害は、人それぞれなんだから」

まさに更年期の真っただ中にいる光子は、語気を強めた。

「すみません。……あれ?」

新聞を覗《のぞ》き込みながら、根元調査員は言った。「この亡くなられた人の名前、どこかで聞いたことありません?」

「え?」

光子は改めて、その名前を確認してみた。

〝村田喜和子〟

村田喜和子、村田喜和子……。

「ああ、思い出した」根元調査員が軽く手を叩いた。「旧姓吉野喜和子さん。ほら、先月、所在調査したじゃないですか」

「ああ……」光子の記憶が反応する。

「せっかく探し出したのに、亡くなっちゃうなんて。依頼した人は、残念でしたね」

「本当ね」

しかし、いちいち感傷に浸っているわけにはいかない。仕事をしなくては。ありがたいことに、依頼は山積みだ。光子は新聞を畳むと飲みかけのコーヒーを飲み干し、パソコンに向かった。

メールが来ている。

「あ、この人」

噂をすればなんとやらだ。メールの差出人は、まさに、あの依頼人からだった。

＋

このたびは、喜和子の所在を調べていただき、誠にありがとうございます。お陰様で、積年の恨みを晴らすことができました。これで、私も心安らかに、あの世にいけます。

喜和子は、かつて、私の親友でした。かけがえのない、大切な親友でした。彼女には、なんでも話しました。家族のこと勉強のこと、そして、恋のこと。

私は、当時、ひとつ上の先輩と付き合っていました。が、中学三年の夏の終わり、彼は冷たくなり私たちは別れました。とても辛《つら》い失恋でした。食事も喉《のど》を通らず、勉強も手につかず、私は、第一志望の白薔薇女学院の受験にも失敗しました。一方、喜和子は白薔薇女学院に合格し、私たちは自然と疎遠になりました。

高校に進学すると、喜和子と例の先輩が付き合っているという噂を聞きました。とても信じられませんでしたが、ある日、ある一枚の紙を見せられて、私は真実を知りました。その紙とは、地元の小さな神社に奉納された祈願書です。私たちは、その神社を『エンゼル様』と呼んでいました。

その紙を私のところに持ってきたのは、中学時代の同級生、カシワダという女でした。彼女は「彼と別れた本当の理由を知りたければ、一万円でこの紙を買え」と言ってきました。はじめは断りましたが、失恋の痛みをいまだ引きずっていた私は、せめて理由が知りたいと、彼女から一万円でその紙を買い取りました。

その紙に書かれていたのは、まさに、喜和子の裏切りでした。

そう、喜和子は、私と先輩が別れるように、呪詛をしていたのです。

私と先輩の仲を応援しているように装《よそお》い、喜和子は、虎視《こし》眈々《たんたん》と、彼を狙っていたのです。

もともと、男子に人気のあった喜和子です。彼が喜和子のアプローチに応《こた》えないわけがありません。

その真実を知らされても、私には何もできませんでした。恨んでも仕方がない、前向きに生きよう。そう思い、私は他の男性と交際をはじめ、そして結婚しました。

結婚式には喜和子も呼びました。上がり症な喜和子にスピーチを頼みました。私の小さな復讐《ふくしゅう》です。

それで、私の恨みも解消されたはずでした。実際、喜和子と先輩が結婚したという噂を聞いても、動揺しませんでした。

しかし、両親の死、夫の浮気、離婚、そしてガンの宣告と、不幸に襲われるたびに、私は自分の人生を呪わずにはいられませんでした。

そんなときです。私は、『ミツコ調査事務所』の看板と出会いました。

夫の居場所を聞き出そうと、夫の浮気相手である風俗嬢に会うために、高田馬場に来たときです。

風俗嬢と刺し違える覚悟で行ったのですが、その風俗嬢は言いました。

「あなたの不幸の元凶は私じゃない。もっと、他にいるんじゃない?」

そのとき、ふと、喜和子の顔が浮かんできたのです。

そうだ。もし、あの子が彼をとらなかったら。私が彼と結婚していたならば。

そんな仮説など無駄なことだと分かっていても、止められませんでした。次第に私は、私のこの不幸はすべて喜和子のせいだと思うようになりました。打ち消しても打ち消しても、喜和子に対する恨みが増すばかりでした。

それでも、喜和子も同じように不幸ならば、私は許そうと思ったのです。ですから、『ミツコ調査事務所』のドアを叩いて、彼女の居場所を探すように依頼したのです。

なにしろ、私たちは三十年も疎遠《そえん》でしたので、私には喜和子を探す術《すべ》も、なによりも時間がありませんでした。

でも、三十年振りに会ったあの子は幸せそうでした。孫ができるんだと嬉《うれ》しそうに話していました。パートをはじめたんだとイキイキしていました。雪が降っているから夫に迎えに来てもらうと、自慢もしていました。頬はピンク色に紅潮し、顔色もよく、いい服を着て、なにより、昔と同じように綺麗《きれい》で、若々しかった。

私の敗北感が頂点に達したのは、イタリアンレストランでお勘定をしていたときです。私たちの姿を映し出す、レジ前の鏡。

病気のせいで醜く浮腫《むく》んだ私と、すらっと健康そうなあの子。

私は、そのとき、思い出しました。

エンゼル様の祈願書に書いた、私の願い。

『喜和子が元気になりますように』

受験前に風邪を引いたあの子のために、私は、そう祈願したのです。

なのに、なのに、なのに……。

イタリアンレストランを出た私たちは、新宿駅で別れましたが、私はこっそりと喜和子の後を追いました。

あの子は相変わらず、幸せそうでした。ひとつ三百円もする高級なメロンパンを十個も買って、電車の中では自分のスタイルの良さを誇示するようにコートを脱いで、カットソーの胸元から胸の谷間をみせつけていました。それをちらちら見ていたご老人は彼女に声をかけ、ついには彼女を追いかけて駅を降りる始末。まったく、あの子は、こんな歳になっても、男を挑発しないではいられないんです。

私が死んでも、あの子はこのまま幸せな人生を送るんだと思ったら、我慢できませんでした。衝動が走りました。私は、あの駅で、持っていた傘の先であの子の膝裏を、軽く押しました。

あっというまでした。おもしろいように、あの子はホームから転落していきました。その姿を見て、私はようやく、長年の呪縛から解放された気分になりました。

後悔はありません。もう、後悔だけの人生はまっぴらです。

私の余命は、あと僅《わず》かです。

残されたこの時間、私は、自分だけのために生きるつもりです。

飯原《いいはら》良枝

トムクラブ

相談受付日 2015.02.13

二月二日早朝、東京都国分寺市にある「むさしの樹林公園」のゴミ箱に、切断された女性の胴体の一部が捨てられているのが見つかりました。駆けつけた南国分寺署の警察官らが公園一帯を捜索したところ、計三十六個の、切断された遺体のパーツの一部が八か所のゴミ箱から発見されました。なお、頭部はまだ見つかっていません。指紋とＤＮＡから、被害者の身元を捜査中です。

（ＢＢＧテレビニュースより）

＋

ＪＲ高田馬場駅から歩いて五分。早稲田通り沿いの雑居ビル、四階。ミツコ調査事務所。

いわゆる興信所だが、四年前に『初恋さがし』という企画を打ち出したところ大当たり、一時は半年先まで予約でいっぱいになるほど依頼人が殺到したが、思わぬところに落とし穴があった。ある人物の依頼に従って尋ね人を探しあてたはいいが、それがきっかけで、殺人事件に発展してしまったのだ。それからは、なにかと風当たりが強い。

それでなくても、昨今のストーカー被害や、個人情報漏洩《ろうえい》に対する厳罰化のせいで、この商売は、年々、日陰に追いやられている。

だからといって、客が減ることはない。むしろ、増えた。昔と違って、電話帳に個人情報がそう簡単に載るような時代ではないからだ。昔ならば、芸能人の住所ですら素人《しろうと》でも安易に調べることができたが、今や、「個人情報」は金庫に厳重保管すべき重大な秘密となってしまった。素人には、そうそう、その金庫を破ることはできない。もっとも、金庫に保管することなく、情報をそこらじゅうに散蒔《ばらま》いているうっかり者も多いのだが、それでも、素人がそれを見つけるのは、昔ほど楽ではない。

そういう意味では、今は、興信所にとっては稼ぎ時の黄金時代なのかもしれない。ただ、『初恋さがし』という看板は、下ろした。悪質なストーカーに利用される危険があるからだ。

……とはいえ、〝興信所〟である以上、人探しをやめるわけにはいかない。人探しこそが、この商売の要《かなめ》なのだから。

ああ、「私はストーカーです」というちゃんとしたサインがあればいいのに。

所長の山之内光子は、依頼人と対峙《たいじ》するたびに思う。

この人は、善意の人なのだろうか、それとも悪意の人か？

言うまでもなく、その判断は難しい。

ストーカー行為をする人は、特殊な容貌《ようぼう》をしているわけでも、特別なことを言う人でもないからだ。どちらかというと、特徴のない、凡庸な人であることが多い。

もっとも、明らかな〝ストーカー〟であったとしても、依頼があれば、請けてしまうのがこの商売ではあるが。

昨日も、とある男性から〝ストーカー行為に関する調査〟の依頼があり、それを請けるかどうか、保留にしているところだ。その返事を、今日の午後にはしなくてはならない。

そんなことを考えていたところに、新しい依頼人がやってきた。

目の前に座る中年の女性だ。

この女性から相談予約が入ったのは昨日のことだった。ネットからの申し込みだ。

スタッフの助言に従ってバナー広告を出したのは先月だが、効果は覿面《てきめん》だった。美容サロンにでも予約を入れる感覚なのだろうか、一日に十件以上の問い合わせが届くときもある。ただし、依頼契約にまで進むのは、その半分、いや、五分の一なのだが。ほとんどが、問い合わせフォームを送るだけ送って、その後は梨《なし》の礫《つぶて》だ。

光子は、先程プリントアウトしたA４用紙に改めて視線を這《は》わせた。目の前の依頼人が入力した問い合わせフォームで、病院でいえば、カルテにあたるものだ。

光子は、まず、個人情報にあたる項目を確認した。

名前……近藤美里《こんどうみり》　職業……主婦。

次に、依頼内容。こちらは選択式になっており、〝行動調査〟の項目にチェックがついている。引き続き、備考欄には、

「ある人物について、その素性と素行を調べてほしい」

とだけある。

光子は身構えた。

＋　＋

この人は、善意の人なのだろうか、それとも悪意の人か？

光子は、目の前に座る依頼人をしばらく観察した。

天然パーマなのか、その頭髪はパーティーグッズのカツラのように、爆発している。見ないようにしていても、どうしても、目がそちらに行ってしまう。

光子の視線がなにかを促したのか、依頼人は、お茶を飲み干すと、

「ああ、美味《おい》しい」

などと、あからさまなお世辞を言った。

美味しいわけがない。百均で買ってきた、安物の日本茶ティーバッグだ。本来はスタッフ用のものだが、入ったばかりのアルバイトの女の子が間違って、依頼人に出してしまった。本当ならば、依頼人にはダージリンティーを茶葉から淹《い》れる。以前、ロンドンに行ったときに買ってきた、フォートナム＆メイソンのダージリン。それを、ワイルドストロベリーのティーカップで出すのが、フォーマットだ。なのに、あの子が持ってきたのは、使い捨ての紙コップ。

ちゃんと教えたのに。……やっぱり、あの子は使えない。

でも、まあ、いいか。この依頼人は、お茶の味にはあまり煩《うるさ》くないようだ。

プリントアウトした問い合わせフォームに目を通すと、光子はまず、時候の挨拶《あいさつ》だ

とばかりに、言った。

「今日は、ひどく冷えますね。天気予報では雪が降るっていうじゃないですか。雪は、面倒ですね……」

「……ええ、本当に」

「でも、伊豆ではもう桜が咲いているところもあるんだとか」

「ああ、そうですか」

「桜の季節が待ち遠しいですね」

形式的な挨拶はこれで終了とばかりに、光子は姿勢を正した。

「では、ご依頼の内容を、詳しくご説明願えますか?」

経緯をお話しすると、少し長くなるのですが。

え? かまいませんか? 本当に、長くなりますよ?

……では、まず、私がマンションを売ろうとしたきっかけからお話しします。……いえ、それよりもまず、私が、マンションを買った理由からご説明します。

十年前のことです。

バブルもとっくの昔にはじけて、いわゆる失われた二十年と言われる景気低迷時代の真っただ中、二〇〇五年のことです。

そんな時代でしたが、私は一応、浜松町にある中堅食品メーカーの本社で正社員として勤務しておりましたので、氷河期だの超不景気だの言われてはいましたが、まずまずの生活をしておりました。

当時で、手取り二十七万円ほどいただいていたでしょうか。

まあ、自慢するほどの額ではないんですけどね。

職場では課長なんていう役職にもついておりましたが、手取りなんて、そんなものでしたよ。役職手当はたったの一万円。なのに、管理職だということで、残業代はいっさいつかなくて。

……まあ、いわゆる、なんちゃって管理職というやつですよ。とりあえず社員に役職をつけて、残業手当を取り上げる……という、中小企業にありがちなあざとい手口です。

ですから、下手したら、役職なしの新人のほうが、手取りが多いときもありましたね。

新人といえば、こんなことがありました。

Aという新入社員の男だったんですが。頭はいいんですが、とにかく、仕事が遅い。

要領が悪い。背ばかりひょろひょろと高い、まさにうどの大木。私だったら一時間ぐらいで終わらせることを、まるまる一日かけてやるんですよ、深夜まで残業して。で、結局はタクシーで帰宅するんです。杉並区の荻窪まで。そんなことが、毎日のように続くんです。

まあ、新人ですから、はじめは大目に見ていたんですけどね。

でも、一ヶ月経《た》っても、相変わらずの残業続き。結局、その月の残業時間は、百時間を超えてしまいました。残業代だけでも、十万円は超えていたと思います。

さすがに、上司に叱《しか》られました。いえ、私が叱られたんです。

いったい、新人にどんな仕事をさせているのか……って。

残業時間が百時間を超えると、残業代の負担だけではなく、労働基準監督署にも目をつけられますからね、上司だって、怒り心頭なわけです。しかも、そのタクシー代。一度のタクシーで一万円前後、それが二十日で、二十万円。……こうやって数字にしてみると、確かに、由々しき問題です。

「いったい、どんな仕事をさせているんだ！」

そんなことを言われても。私が彼に依頼していた仕事は、新人研修のレポート作成と、簡単な資料作成です。

新人のうちは、二週間の研修があるんです。まあ、よくある、研修ですよ。名刺交換のしかたとか敬語の使い方とか、そんな社会常識とマナーの講習、そして有名人による講演会。それを午前十時から午後の四時まで行いまして、残りの二時間、レポートを作成させるんです。

私が新人のときは、定時の六時までには、しっかりとレポート作成を終えていたものでした。いえ、五時半には完璧《かんぺき》に仕上げていましたよ。で、残りの三十分で、給湯室を掃除したり、ゴミを片づけたり……しなくてもいい雑務もこなしていました。それでも時間が余っていたほどです。なのに、あいつときたら……。ほんと、使えない男でして。

研修が終わって、いよいよ本格的に仕事……という段になっても、相変わらず、仕事は遅いわ、失敗するわ、間違えるわ……で、あいつの尻拭《しりぬぐ》いを全部、私がやらされていました。私、あいつのおかげで、一生分の「すみません」を言わされたようなものですよ。

で、イライラが募って、ストレスもたまって、今度は私のほうが、ミスをするようになりました。

職場のみんなには、「課長がおかしくなった、鬱《うつ》なんじゃないか」なんて、言われるようになって。

上司からも、「少し休んだらどうか？」なんて、言われてしまって。

休んだらどうか？　これは、もう、「会社を辞めろ」というのと同じなんです。前の課長も、長期休暇のあと、会社を辞めました。

悔しかったですね。

なんで、あんな新人のせいで、自分が？　……って。

でも、こうも思いました。これを機に、会社を辞めるのも、あるいはいい選択なのかもしれないって。

だって、あの会社で、定年退職まで居続けるビジョンがどうしても湧《わ》かなかったんです。想像しても、余計気が滅入《めい》るだけで。同じようなルーチンワークを六十歳までしている自分の姿を思い浮かべるだけで、死にたくなりました。

もしかして、本当に鬱の症状だったのかもしれません。

そのときで、三十三歳。人生をやり直すなら、もう最後のチャンスだと思いました。

私は、たまっていた有休を利用して、約一ヶ月、休暇をとることにしました。その一ヶ月で、新しいステージを探すつもりでした。

一日目は、資格取得の書籍やら、公募の雑誌やら、転職情報誌やら、旅行のガイドブックやら、起業のノウハウ本やら、いろいろ買い込みました。青年海外協力隊のパンフレットも。……お恥ずかしい話、結婚相談所のパンフレットも取り寄せたりして。もう、自棄糞《ヤケクソ》だったんでしょうね。

二日目は、ご無沙汰《ぶさた》だった仲間と会いました。せっかくの休暇なんだから、とことん楽しもうと思いまして。仲間を自宅に呼んだんです。中学校の頃から仲の良かった趣味仲間で。同じ、クラブだったんです。で、仲間たちとストレス解消だとばかりに馬鹿《ばか》騒ぎして、そのあとは、近くの公園に行って……久し振りに童心に帰って弾《はじ》けましたね。……でも、心の憂《うれ》いが完全に払拭《ふっしょく》されることはありませんでした。

そして三日目。郵便ポストにチラシが入っていたんです。それまでは見向きもしなかった、新築分譲マンションのチラシです。

当時、私は、西武新宿線沼袋駅近くの賃貸マンションに住んでおりました。ワンルームの小さな部屋でしたが、そこの大家さんがとてもいい人で、部屋もとても気に入っていて、なにより、街がとても居心地がよく、漠然とですが、自分は死ぬまでここで暮らすんだろうな……と思っていました。だから、山のように分譲マンションのチラシがポストに投げ込まれていても、それまではまったく関心を持つことなく、すぐにゴミ箱行きだったんですが。

ところがです。どういうわけか、そのとき、私はそのチラシのコピーにふと、心を鷲掴《わしづか》みにされたのでした。

『選ばれし武蔵野の高台に住まう』

ああ、私という人間も、結局は、こういう惹句《じゃっく》に弱いんですね。いえ、そのとき、私の心が弱っていたのも原因かもしれません。

〝選ばれし〟

この言葉に、心の憂いが完全に吹っ飛びました。それどころか、妙な生命力が漲《みなぎ》りました。

「そうだ、自分は、選ばれるべき人間なのだ！」

それからは、「家を買う」ことが、私の使命のように思えてきまして。

結局、一ヶ月の休暇が終わる頃には、私、マンションの売買契約書に判子をついていました。

『選ばれし武蔵野の高台』のマンションはさすがにお高くて手が出なかったのですが、東村山駅から徒歩十分ほどの場所に建つ新築マンションの一室を、手に入れることができました。

当時で、二千八百万円とちょっとでしたでしょうか。貯金が二百万円ほどありましたので、それを頭金にして、あとは住宅ローンを組みました。中堅とはいえ老舗《しにせ》の食品メーカーに十一年勤務していましたから、住宅ローンの審査もスムーズに通りました。

……長くなりましたが、ここまでが、私がマンションを購入するまでの経緯です。

で、これからが本題です。

人間の心など、本当にいい加減です。あれほど、「会社なんて辞めてやる」と思っていた私なんですが、実際、ローンの審査が下りた時点で会社なんて辞めてやるつもりだったんですが、……家を購入したことで、変な自信がついてしまいまして。一ヶ月の休養が明けて出社すると、「なんだか、顔色がいいですね」「別人のようです」なんて言われるほど、それまでの鬱々とした気分がすっかり吹き飛んでいたのでした。

それに、ローンのことを考えたら、やはり、会社を辞めるのはよくないと考え直し、会社には居続けることにしたんです。私を悩ませていた例の新人もいなくなったので、私にとっては、幸運でした。

そして、なんだかんだと、去年までその会社で働きました。退職した理由は……。独立することになりまして。いえね、ここだけの話、実は、ずっと、サイドビジネスをしていたんです、会社には内緒で。十年前、一ヶ月の休養期間中にたまたま買い込んだ本の中に、「サイドビジネス」のノウハウ本がありましてね、それをきっかけに。……最初は内職程度の稼ぎだったんですが、三年ぐらい前から、本職の給料を上回る利益が出るようになりまして。それで。

それだけじゃないんです。私、結婚したんですよ。まさか、この歳《とし》になってこんなことになるなんて。……なにごとも諦《あきら》めてはいけませんね。一生独身か？　と思っていましたが、お陰さまで、いいご縁に巡り会えまして。……なにものろけるわけではないんですが、本当に素晴らしい人と巡り会えたんです。……本当に、素晴らしい人でした。

これを機に、もっと広い家に住もうということになり、国分寺に手頃な中古物件がありましたので、それを購入したんです。

あれですよ。『選ばれし者が住まう、高台のマンション』

その最上階が、中古で出たんです。お手頃な値段だったので、即、飛びつきました。

というわけで、東村山のマンションは、売却することとなりました。こちらも、割とスムーズに事が運び、すぐに買い手がつきました。

以上が、売却するまでの経緯です。

さて、今度こそ、いよいよ、本題です。

光子は、今度こそ本題か？　と、手帳を手に、身を乗り出した。

しかし依頼人は、「タイム」とばかりに、二杯目のお茶をずずっと啜《すす》る。そして、

「あー、美味しい」などと、表情を綻《ほころ》ばせる。

その表情には、嘘《うそ》はないように思えた。……もしかして、本当に美味しいのかもしれない。なにかの間違いで、あのアルバイト、棚の奥に隠してある高級狭山《さやま》茶を探し出して、それを淹れたのかもしれない、などと、光子もここでようやく茶を啜ってみたが、やはり、それは、安物の味しかしなかった。

「では、本題を、続けてください」

光子は、ことさら大袈裟《おおげさ》に、腕時計を見た。このソファに座って、もうかれこれ三十分は経っている。これが法律事務所なら、この時点で五千円の料金が発生している。しかし、ここはただの〝興信所〟。何時間粘られても、依頼そのものが発生しなければ、料金をとるわけにはいかない。前にもいたんだ、半日延々と愚痴をこぼすだけこぼして、結局調査を依頼することなく、すっきりとした顔で帰っていった主婦が。

この人もまた、それだろうか？

「……本題を、お願いします」

光子は、繰り返した。

＋

分かりました。もう、はっきりと言います。わたしが調べていただきたいのは、わたしのマンションを購入した人のことなんです。

ええ、もちろん、名前は分かっています。なにしろ、わたしが売却したのですから。

そのときの契約書も持ってきました。

……鰻上雅春《うなぎのぼりまさはる》という男性です。一九七二年生まれ。職業は会社員。

会ったことはありません。

マンションの売買は、すべて不動産会社と主人に任せましたので。

でも、やっぱり、気になるじゃないですか。どんな人が購入したのか。

それで、その名前をネットで検索してみたんです。

それらしき男性が、一人だけヒットしました。珍しい名前ですからね、間違いなく、本人です。〝鰻上〟なんていう名前、そうそういるはずないじゃないですか。

鰻上さん、ブログをやっていましてね、で、興味本位で、ウォッチングをはじめたんです。

でも、あるときから鍵《かぎ》がかかってしまって。

そうなると、ますます気になるのが、人間ってものです。試しに、鰻上さんの生年月日を入力してみたんですね。生年月日なら、売買契約のときに交わした書類に記載されていましたから。

大当たりでした。今時、生年月日をパスワードに設定する人なんて、いるんですね。驚きです。でも、お陰で、ブログの閲覧が可能になりました。

そしたら、なんと。

ああ、もう、思い出すだけで、虫唾《むしず》が走る！

ああ！　今にも吐きそうです！

いえ、実際、吐きました、それを見たとき。

そして、鰻上さんが、どうして突然ブログに鍵をかけたのか、分かりました。

……鰻上さん、世にもおぞましいサークルを主宰していたんですよ。本当に恐ろしいサークルです。

〝トムクラブ〟

ってイうサークル名なんですが。

＋　＋

「ところでどういう意味だと思います？　〝トムクラブ〟って」

本題に入るかと思ったのに唐突に質問されて、光子は一瞬、たじろいだ。が、すぐに取り繕うと、

「トム……？　人の名前ですか？」

「ピンポーン！」

依頼人は、クイズ番組のMCのように、陽気に声を張り上げた。その天然パーマが、まるでチアリーダーのポンポンのように、軽快に蠢《うごめ》く。

「では、〝トム〟とは何者でしょう？」

「……さあ」

「ヒント。イギリス」

「イギリス……？」

「分かりませんか？　なら、サービスヒントをもうひとつ。〝ゴダイヴァ夫人〟」

「………？」

「ああー、ちょっと難しかったでしょうか？　要するに、〝覗《のぞ》き魔〟ってことですよ」

「………？」

「ですから、ピーピング・トム。知りません？　十一世紀のイングランドで実際にあったお話」

「……すみません、不勉強なもんで」

「簡単にいえば、夫の圧政から民衆を解放するために、交換条件として、素っ裸で馬に乗って町中を行進するハメになった伯爵《はくしゃく》夫人のお話です。町の人は、正義感溢《あふ》れる心優しいゴダイヴァ夫人を思って、行進を絶対見ないように、その日は家に閉じ籠《こも》って窓も締め切ったといいます。ところが、一人だけ、その行進を覗き見したスケベ男がいまして。その名も〝トム〟。それ以来、覗き魔のことを〝ピーピング・トム〟と呼ぶようになったんです」

「……なるほど。……つまり、〝トムクラブ〟というのは、〝覗きクラブ〟ということですか？」

はい、そうです。〝トムクラブ〟は、窃視症……覗き趣味の人たちが集まるサークルなんです。

その証拠に、そのブログには、数々の盗撮画像が投稿されていました。

今でも、鮮明に、その盗撮画像が頭に残っています。消し去ろう、消し去ろうとしても、亡霊のように浮かんでくるんです。

こうなると、亡霊のほうがまだマシです。

だって、……本当におぞましい画像なんですから！

一番多いのは、女性のスカートの中を写した画像です。道を歩く女性のスカートの中を、ローアングルから撮っているんです。……どうやって撮っていると思います？　道路の側溝に仰向《あおむ》けに寝そべって撮っているんですよ！　なんで知っているのかって？　だって、あいつ、自慢げに、撮影の苦労なんかをブログで報告していましたから。

次に多いのが、女子トイレの様子を撮ったもの。……これも、まったくもって理解できないアングルから撮られています。汲《く》み取り式便所の中に潜んで、下から撮っているんです。未《いま》だに汲み取り式便所があることも驚きですが、そんなところに潜んで、盗撮なんて……。汚物まみれになるじゃないですか！

つまりですね、あいつは、盗撮そのものよりも、そのシチュエーションを楽しんでいるんです。それが困難であればあるほど、リスクがあればあるほど、快感を覚えているんです。

ああ、もう、こうやって説明しているだけで、わたし、吐きそうです！

ああ、もう本当に、おぞましい！

気持ちが悪い！

所長さんも気持ち悪くないですか？　かつては自分のものだった部屋に住む人が、……盗撮魔だなんて。

ええ、もちろん、今はその部屋はわたしのものではありません。登記上でも、わたしの所有物ではないし、ですから、わたしとあの部屋はまったく関係ありません。

でもですね。これは、気持ちの問題なんです。わたしはその部屋に、十年、住んでいたんです。今も、愛着があるんです。だから、ちゃんとした人に住んでもらいたいというのが、本音なんです。

例えば、長年愛用した服を、なにかの都合で売ることになった場合、新しい持ち主にもその服を大切に着てもらいたいと思うじゃないですか。……それと同じなんです。あの部屋はもうわたしのものではありませんが、思い出が詰まっているんです。だから、新しい住人には、それを穢《けが》してほしくないんです。覗き趣味があるような変態には、住んでほしくないんです！

大袈裟だ……と思っていますね。あの部屋はもう他人のものなんだから、気にするなって。そもそも、そんな干渉をする権利などないって。

確かに、そうです。

でも、盗撮をしているんですよ？　これは、立派な犯罪ですよね？

ええ、だから、わたし、警察に通報しようと思ったんです。でも、そうこうしているうちに、盗撮画像はすべて削除されてしまって。……今となっては、証拠がありません。

だから、証拠を。証拠を見つけてほしいんです。

あいつが、変態の犯罪者であることを。

でなければ、いずれ間違いなく、〝事件〟になります。

いえ、すでに、〝事件〟は起きています。

だって。

……ああ、もう、思い出したくもないんですが。

……その盗撮画像の中には、死体を写した画像もあったんです。……酷《むご》い死体でした。手足はもがれ、腹部は引き裂かれ、内臓はぐちゃぐちゃに潰《つぶ》され、頭部は切断され……。

あの部屋で撮られたんだと思います。……ええ、間違いありません、あれは、かつてわたしが毎日使用していた浴室。……だって、わたし、十年も、あの部屋に住んでいたんですからね！　見間違えるはずがありません！

ああ、本当に、信じられない！

わたしの部屋で、わたしのお風呂《ふろ》で、あんな残酷なことをするなんて！

……すみません。ちょっと、興奮してしまいました。

お茶、いただいていいですか？

……ああ、お陰で、少し、落ち着きました。

美味しいダージリンティーですね。フォートナム＆メイソンじゃないですか？　わたしも、大好きなんです。

……お話を戻します。

先頃、国分寺市の公園で見つかった、女性のバラバラ死体。……ええ、そうです。いまだ頭部が見つかっていないというあの事件。

わたし、ふと、思ったんです。

……あの事件の殺害現場に使われたんじゃないかって。

……わたしの部屋が！　わたしのお風呂が！　死体解体の現場に使われたんじゃないかって！

だって、画像があったんです！　浴室で頭部をかち割る画像が！　脳みそを取り出して、目玉をくり抜いて、皮をはいで、……骨ごとミンチにしていく画像が！

ああ、本当に、思い出すだけで、頭がおかしくなりそうです！　吐きそうです！

鰻上という人は、ただの盗撮魔ではないんですよ！

……殺人者、いえ、もっといえば、猟奇殺人者なんですよ！

正真正銘の悪魔なんですって！

だって、〝トムクラブ〟にアップされていた死体の画像は、一枚や二枚じゃありませんでしたからね！

少なくとも、あの人は、二人の人間を殺害しているはずです。

ええ、そうなんです。国分寺の公園で見つかった女性以外に、もう一人、殺害しているんです！

わたしの部屋に越してくる前のことだと思います。

……ええ、あれは、わたしの部屋ではありませんでしたから。

たぶん、ワンルームマンションです。

トイレと浴槽が一緒の、ユニットバスでしたから。……たぶん、被害者は男性です。若くて……背の高い男性。その解体の様子も画像として残しているんです。しかも、それを自慢するかのように、ネットにアップして。

わたし、その画像を見て、思い出したことがあったんです。

そういえば、十年ぐらい前に、バラバラ死体が遺棄された事件がなかった？……って。

これを見てください。ネットで見つけた記事なんですが。


二〇〇五年五月三十日午前、東京都中野区にある「未来の森公園」のゴミ箱に、切断された男性の胴体の一部が捨てられているとの通報があった。

警察官らが公園一帯を捜索したところ、計三十六個の、切断された遺体のパーツの一部が八か所のゴミ箱から発見された。

頭部は見つかっていないが、指紋とDNAから、被害者は杉並区に住む男性会社員Aさんと判明した。死因は不明。

（ウェブ百科事典・インターペディアより抜粋）


ね？　今度の国分寺のバラバラ殺人と、とっても似ているでしょう？　というか、まったく同じですよ！　切断されたパーツの数も、その遺棄方法も！

間違いありません。この二件の殺人は、鰻上の仕業です。

……まだ、信じてもらえないんですか？

わたし、本当に見たんですよ、死体解体の画像を！

わたし、その画像を見てからというもの、全然食べ物が喉《のど》を通らないんです。一日中、ムカムカして。今だって、吐きそうなんです。震えだって、止まらないんです。

わたし、どうしたらいいんでしょうか？

もう、とにかく、恐《こわ》くて、恐くて。頭が変になりそうなんです。

なにをそんなに怖《おそ》れているのかって？

だって、わたしの存在が、あいつにどうやらバレてしまったようで。

わたしが、不正にブログを閲覧していること、鰻上に知られたようで。

ある日、警察に通報しなくてはと思い立ち、その前に今一度画像を確認しようとブログのパスワードを入れたら、無効になっていたんです。

それで、わたし、居ても立ってもいられなくなって。今すぐに殺人の証拠を集めて、あいつを警察に突き出さなくては！　という強い思いに駆られまして。

わたし、鰻上の部屋に……つまり、かつてのわたしの部屋に何度か忍び込んだんです。……幸いなことに、鰻上のやつ、錠を替えていませんでした。わたしが住んでいたときと同じ錠を使っていたんで、合鍵を使って侵入しました。ブログのパスワードといい、錠といい、凶悪な殺人鬼ほど、どこか抜けているんですね。いえ、抜けているところがあるから、あんな残酷なことができるのかもしれません。

でも、証拠は見つかりませんでした。

やっぱり、素人ではダメなんですね。

だから、こうして、プロに依頼しようとお願いしにきたんです。

とにかく、急いでください！

急いで、証拠を集めてください！　そして、警察に突き出してください！

でないと、今度はわたしが狙《ねら》われます。

きっと、あいつらのことだから、部屋に侵入した人物を血眼で探しているはずです。

……ですから、〝トムクラブ〟の連中ですよ！　あいつらは、ただものではありません。なにしろ、鰻上の仲間ですからね！

ああ、もしかしたら、すでに、わたしの仕業だって、気付かれてしまったかも。

ああ、今頃、あいつらに、監視されているかも。

わたし、どうしたらいいんでしょう？

次に殺されるのは、わたしかもしれません。

だから、急いでください！

お願いします！

＋　＋

あれから一週間。

その話が真実だとしたら、確かに〝事件〟だ。

光子は、依頼人の顔を凝視した。

汗が止まらない。

「……それで、依頼した調査のほうは、どうなりましたでしょうか？」

依頼人は、光子の視線をかわしながら、言った。

光子は、ハンカチを握りしめた。

「調査は終わりました」

そして、光子は、A4の書類の束をテーブルに滑らせた。

表紙には〈ストーカー行為に関する調査報告書〉とある。

「こちらが、ご依頼の調査報告でございます」

光子が言うと、依頼人はお茶を飲み干し、カップをゆっくりとテーブルに置いた。

そして、報告書をパラパラ捲《めく》ると、いかにも残念そうにため息をひとつついた。

「やっぱり、そうでしたか」

依頼人は、肩を竦《すく》めた。散髪にでも行ったのか、今日は、その天然パーマが少し落ち着いている。

「はじめは、ただの気のせいかと思ったんです。仕事の疲れが、こんな被害妄想を抱かせるんだって。でも、やっぱり、気のせいではなかったんですね。私、監視されていたんですね。ストーキングされていたんですね。……近藤美里さんに」

「あなたの予想通りでした、鰻上さん」

光子は、依頼人の名前を口にした。

「鰻上さんがおっしゃる通り、近藤さんは、あなたの鍵付きブログ……〝トムクラブ〟に侵入し、こっそりと記事を閲覧していました」

「やっぱり。おかしいと思ったんですよ。私のブログは、閲覧履歴がＩＰアドレスで残るんですが、知らないアドレスが一件だけあって。しかも、頻繁に閲覧しているんで、おや？って思ったんです。……それにしても、彼女は、なんでこんなことを？」

「報告書にも書きましたが、近藤さんは、あなたに売却したあのお部屋が気になっていたみたいです。いったい、どんな人が住んでいるのか。はじめは、そんな好奇心からだったみたいです」

「なるほど」

「……実は、その近藤美里さんが、先週、この事務所に来たんです」

「え？」

「たぶん、鰻上さんのブログを閲覧しているときに、うちの広告バナーが表示されたんだと思います。それで……」

「ああ、私もそうなんですよ。あのバナーを見て、こちらに伺ったんです。あのバナーは、インパクトありますからね、つい、クリックしたくなる」

「ありがとうございます。あのバナー、なかなか評判がいいんですよ」

「でも、実は、その前からこの事務所の評判は聞いてましたけれどね。安心、丁寧、低価格……って、馴染《なじ》みの風俗嬢から何度も」

「風俗嬢？」

「まあ、それは置いておきましょう。……で、近藤さんは、どうして、こちらに？　なにか、依頼でも？」

「……ええ、実は」

光子は、それを言っていいものかどうか、少々迷った。

なにしろ、近藤美里もまた、自分の依頼人だからだ。その依頼内容を他人にそう易々《やすやす》と漏らすわけにはいかない。この業界にも〝守秘義務〟のモラルがある。

光子が汗を拭《ふ》き拭《ふ》き言い淀《よど》んでいると、

「もしかして、近藤さん、〝トムクラブ〟の内容を気にしていたんじゃないですか？」

と、鰻上が、にやにやと唇を綻ばせた。

「え？　……ええ、まあ」

光子は、額の汗をハンカチで押さえた。

「〝トムクラブ〟にアップされている画像を見て、なにか〝事件〟が起きているんじゃないかって？　……ピンポーンですか？」

「……ええ、まあ、……その、……なんて言いますか」

「あーはははははは」

鰻上は、突然、笑い出した。それは、もう本当におかしくて、息もできないというような、大笑いだった。その天然パーマも、愉快そうに上下する。

「あれは、仕事ですよ、仕事」

鰻上は、息も絶え絶えに、言った。

「仕事？」

「私、フリーライターをしていまして」

フリーライター？　相談申し込みのフォームには、「自営業」としか入力されていなかったが。

「会社員だった頃から、ライターをやってましてね。つまり、二足のワラジを履いていたんですよ。専門は、未解決事件とか都市伝説とか裏社会とかサブカルチャーとかエロとか」

「エロ？」

「はい。盗撮画像を集めたエロ本の仕事とかもやってまして。……もちろんヤラセですよ。本当に盗撮なんかするわけないじゃないですか。そんなことしたら、お縄になりますよ」

「ヤラセ……なんですね」

「そうです。プロのモデルを雇って、撮影しただけです。それを、ちょっと悪戯《いたずら》で、ブログにアップしただけですよ。……ああ、近藤さん、それを見て、びっくりしちゃったんだろうな。だからって、人の家に勝手に忍び込みます？　これじゃ、盗撮より質《たち》が悪い」

「……おっしゃる通りです」

「で、今、取材を進めているのが、猟奇殺人事件。古今東西の猟奇殺人事件を集めた本を出す予定で、今、資料をまとめているところなんです。で、情報収集の役に立つかな……と思って仲間と立ち上げたのが、〝トムクラブ〟。社会の暗黒面を覗き見る……という意味を込めて、この名前にしました。でも、やっぱり、いくら鍵付きとはいえ、ブログにグロ画像をアップするのはまずいんじゃないか？って仲間に窘《たしな》められまして、すぐに引っ込めたんですけど」

「じゃ、……死体を解体しているような画像は、……資料？」

「そうなんです。仲間に、警察と通じているヤツがいて。殺人現場のヤバい写真を何枚か、こっそり入手してきたんですよ。それを、うっかり、アップしてしまったんです」

「ああー、そうでしたか！」

光子は、ここでようやく、肩の力を抜いた。いつのまにか、汗もひいている。

「ああ、なるほど、そういうことでしたか」

光子は、今更ながらにティーカップを引き寄せた。今日は、ちゃんと、ダージリンだ。

……ああ、美味《おい》しい。

「それでは、今回の依頼は、これにて終了ということで、よろしいでしょうか？」

光子が晴れ晴れとした気分で言うと、

「はい。ありがとうございます。助かりました」

と、鰻上は神妙な面持ちで深々と頭を下げた。

光子も、同じように、頭を下げた。

「……わたくしどもの仕事はここまでですが、これから、どうなさるんですか？」

エレベーターの前で、光子は、蛇足だとは思いながらも鰻上に質問してみた。

「え？」

「ですから、近藤美里さんを、どうするおつもりですか？」

「そうですね。……ストーカーをやめてくれるようにお願いするか、それとも」

「警察沙汰にしますか？」

「どうしたら、いいと思いますか？」

「ストーカー行為というのは、一種の強迫観念であり、……もっといえば、強迫性障害の疑いがある場合が多いんです。一日に何度も手を洗ってしまう不潔恐怖症とか、ジンクスに異様に振り回される縁起恐怖症とか、その現れかたは色々ですが、共通しているのは、〝なになにをしなくてはならない〟または〝こういうふうになってしまったらいけない〟という猛烈な強迫観念です。それが心を乗っ取って、異様な行為に走らせるんです。だから、本人が一番辛《つら》い思いをしているんです。なんで自分はこんなに馬鹿馬鹿しいことをしているのだろう？　なんでこんな不合理なことをやめられないんだろう？　こんな呪縛《じゅばく》から一刻も早く解放されたい……と。もちろん、ストーカー被害に遭っている方から見れば、そんな強迫観念など知ったこっちゃないでしょうが」

「……つまり、近藤さんを、放っておけと？　……許せと？」

「いいえ、そうは申しておりません。ストーカーは、放置しておけばおくほど、エスカレートしていくものなので。……とはいえ、攻撃しても、エスカレートするものなんですが。……本当に、難しいです。ただ、何十人ものストーカーを見てきた私には分かるんです、ストーカー行為をしている人も、それなりに苦しんでいるということが。逮捕されても、警告されても、禁止されても、どうしてもその行為を止《や》めることができないのが、この病の恐ろしいところなんです。……強迫性障害にくわえて、一種の依存症なのかもしれませんね。なので、治療を受けさせるのが一番なのですが。……もし、よかったら、この件は、私にお任せいただけませんか？　近藤さんは、私どもの依頼人でもあります。なんとか、彼女を助けてあげたいんです。鰻上さんには迷惑がかからないようにいたします。ですから――」

「しかしですね。これは、もはや、私ひとりの問題ではなくて――」

「もちろん、お一人では決められないことだとは思います。ご家族、たとえば奥様ともよくよくご相談されて――」

「妻……ですか」

「はい。ご結婚されたばかりなんですよね」

「ええ、そうなんですが。……離婚しちゃったんですよ、今回の件で、喧嘩《けんか》して」

「え？　……そうだったんですか？」

「彼女、今回のストーカー事件は、私の浮気が原因じゃないかって勘違いして、それで──」

「それで、離婚を？」

エレベーターが到着した。

「まったく、踏んだり蹴《け》ったりですよ。……近藤さんには、それなりの制裁を受けて欲しいと思っています。……まあ、仲間と相談してみますが」

そう言い残すと、鰻上は、エレベーターに乗り込んだ。

＋

……東京都新宿区にある「戸山公園」のゴミ箱に、切断された女性の胴体の一部が捨てられているのが見つかりました。

駆けつけた新宿戸山署の警察官らが公園一帯を捜索したところ、計三十六個の、切断された遺体のパーツの一部が八か所のゴミ箱から発見されました。なお、頭部はまだ見つかっていません。

指紋とＤＮＡから、被害者の身元を捜査中です。


（ＢＢＧテレビニュースより）

「あれから、もう五日」

光子は、濁ったため息を吐き出しながら、ひとりごちた。

近藤美里は、もしかしたら逮捕されるかもしれない。

そう思うと、やはり複雑だった。光子は、肩を竦めると、安物の日本茶を啜った。

今日は、近藤美里が来ることになっていた。調査報告書を受け取りに。

約束の時間はもうとっくに過ぎている。電話もしてみたが、出ない。

やはり、鰻上がなんらかのアクションを起こして、警察沙汰にしてしまったのかもしれない。

やりきれない。

近藤美里の場合は、恋愛がらみのストーカー行為ではなく、それこそ勘違いから来る恐怖が生み出した、暴走だった。だから、カウンセリングを数回受ければ、その捩《ねじ》れた思いも正常に戻るかもしれなかったのに。

窓の外を見ると、陽はすっかり落ちている。今日は、もう帰ってしまおうか？

一昨日《おととい》、この近所でバラバラ死体が発見されるという事件があったせいで、遅くまで仕事をするのは、どこか心細かった。

「あぁぁーーっ」

先程から、うんうんと唸《うな》りながらパソコンとにらめっこしていた調査スタッフの根元沙織が、発情期の鶴《つる》のような声を上げた。

「先生、ミツコ先生、大変ですよ！」

「やだ、なに？　大きな声だして。どうしたの？」

声をかけると、

「一昨日、すぐそこの戸山公園で、バラバラ死体が発見されたじゃないですか」

「うん。……解体された遺体が、そこら中に捨てられてたってやつね。……なんか、いやよね、ちょっと前にも、国分寺の公園で似たような事件があったばかりなのに。そのときの被害者も、まだ、身元が分かってないっていうじゃない。迷宮入りするかもね」

「でも、一昨日の事件は、被害者の身元が分かったみたいなんです。……今、速報が入りました」

「分かったの？」

「近藤さんですって」

「え？」

「だから、今日、いらっしゃる予定だった、近藤美里さんですって、被害者は」

「え？」

驚きのあまり、光子の口からふいに、大きなくしゃみが飛び出した。

唾液《だえき》の飛沫《ひまつ》が、近藤美里宛《あて》の書類に飛び散る。

〈〝トムクラブ〟に関する調査報告書〉

光子は、その文字を、惚《ほう》けた眼差《まなざ》しでしばらく見つめた。

サークルクラッシャー

相談受付日 2015.03.05

電話がきたのは、夜の八時過ぎでしたでしょうか。

帰宅して、玄関ドアを開けたところで聞き覚えのあるメロディーが奥の部屋から聞こえてきました。

ザ・ゾンビーズの「シーズ・ノット・ゼア She's Not There」です。母が、固定電話に設定した着信メロディーです。ＣＤから録音したものでして……でも、随分昔のことで、それを着信メロディーにしていたことも忘れていたほどです。

そもそも、固定電話が鳴るなんて本当に久しぶりのことでした。その存在すら忘れていました。電話料金は自動引き落とし、領収書はきていましたが、ろくに確認することなく他のダイレクトメールと一緒にすぐに処分していましたから、本当に、私の意識から抜け落ちていたのです、固定電話という存在は。

そうじゃないですか？　固定電話なんて、ほぼ使いませんよね？　え？　使う？

ああ、それは珍しいですね。私は、ここ数年は、携帯電話でほぼ事足りています。

ああ、でも。前にも固定電話が鳴ったことがありましたっけ。……あれは、確か、そう、二年前。……ナントカ調査事務所ってところから。結局、間違い電話だったんですけれど。

話を戻します。

それにしても、「音楽」の力ってすごいですね。その着信音を聞いたとき、私は一瞬にして過去に引きずり戻されました。記憶と音楽って、密接に関係しているんですってね。認知症の治療に、音楽を活用している機関もあるというのをテレビで見たことがあります。若い頃に聞いた音楽を聞くことで脳のアンチエイジングにもなると聞いたことがあります。

いずれにしても、その効果を私は身を以《もっ》て体験した格好です。

私の中に眠る母の記憶が、鮮明に蘇《よみがえ》ったのです。

ザ・ゾンビーズの「シーズ・ノット・ゼア」は、まさに母が好きだった曲。そして、その歌詞は、母そのもの。

……ああ、ザ・ゾンビーズ、ご存知ないですか？

一九六〇年代の英国のバンドです。日本で有名なのは「I Love You」でしょうか。「好きさ好きさ好きさ」というタイトルでヒットして、のちにザ・カーナビーツがカバーしました。「ふたりのシーズン」という曲は世界的に大ヒット、映画の挿入歌にもなりましたので、聞けば「ああ、あの曲」と思い当たる人も多いかと思います。

え？　昔のグループなのに、随分詳しいって？　ええ、まあ。……軽音楽サークルだったものですから。その中に、昔の音楽に詳しい人がいて、それでなんとなく、頭に入ってしまって。

さて、「シーズ・ノット・ゼア」は、ザ・ゾンビーズのデビュー曲です。一九六四年に発表され、前述のザ・カーナビーツもカバーしています。その歌詞の内容を簡単にご説明すると、……嘘《うそ》つき女に翻弄《ほんろう》される哀れな男の歌です。嘘つき女は札付きの悪女。男を騙《だま》しては、姿を消す。たくさんの男が被害にあっているというのに、どうしてみんなそのことを僕に教えてくれなかったんだ？　という嘆きの曲です。

……歌詞に出てくる嘘つき女は、まさに、私の母です。

私の母は、いわゆる〝ビッチ〟、〝尻軽女《しりがるおんな》〟です。かつてはバンドのグルーピーなんかもやっていた、札付きの性悪女。どんな男とも寝て、そして翌日には次の男に体をゆだねる。そのせいで、母の周囲は混乱と混沌《こんとん》とスキャンダルだらけでした。……死ぬまで。

ああ、すみません。また、脱線してしまいましたね。話を戻します。

……そう、あの夜、固定電話が鳴ったんです。

受話器を取ると、懐《なつ》かしい人物の声が。

「お久しぶり！　憶《おぼ》えている？」

ええ、憶えていますとも、その特徴のある甲高い声。一度聞いたら、どうしたって記憶に刻まれる。……でも、名前が思い出せません。えーと……などともじもじしていますと、

「……マツカネよ、マツカネユカリ」

「マツカネ……ああ、松金先輩？」

大学で同じサークルだった松金由佳利さんでした。帰る方向が同じだったので、一緒に帰ることも二、三度ありましたが、……でも、それほど親しくはありませんでした。なにしろ、私、そのサークルをすぐにやめてしまいましたので。……いろいろあって。そのサークルにいたのは、三ヶ月ほどです。

「……ああ、よかった。この電話番号で合ってて」松金さんは、あの頃と同じ馴《な》れ馴《な》れしさで言いました。

あれ、そういえば。……なんで、松金さん、うちの電話番号、知っているんだろう？　松金さんに教えたことあったっけ？

「〝デメキン〟に聞いたのよ」

デメキン。その名を聞いて、私の背中に戦慄《せんりつ》が走りました。

……デメキンが、なんで、私の電話番号を？　確かに、携帯電話なら教えたことがある。でも、その番号は変えてしまったけれど。

「なんで？」

なんで、デメキンがこの固定電話の番号を？　と、訊《き》いたつもりが、

「ね、ハワイに行かない？」と、松金さん。

「は？」藪《やぶ》から棒に何を言い出すんだ？　私は、受話器を握りしめながら固まりました。

「ああ、ごめんごめん。……私ね、結婚することになって。で、ハワイで挙式することになったんだ。……で、式に出席してくれないかな……って。もちろん、渡航費も滞在費も、こちらで持つわ」

結婚？

……っていうか、なんで、私が出席するの？

……なんで、私が、ハワイに？

などと戸惑っていると、松金さんはさらに驚くことを言うのでした。

「結婚相手、誰だと思う？　あなたの、よーく知っている人よぉ～」

松金さんが、語尾をいやらしく伸ばしながら、焦《じ》らします。

「ね？　誰だと思う？」

＋

——二〇一五年三月五日。

ＪＲ高田馬場駅から歩いて五分。早稲田通り沿いの雑居ビル、四階。

ミツコ調査事務所。

「猫も、探すんですか？」

依頼人が、壁に貼《は》られている『猫さがし』のポスターを見ながら、大きな目を細めた。

このポスターを見た者は、みな、このような表情になる。

「このポスターの猫、……なんていいましたっけ？　今、流行《はや》ってますよね？」

「スコティッシュ・フォールドです。耳が折れているところが、これまた可愛《かわい》いんですよねぇ」

所長の山之内光子も、依頼人と同じように目を細めながら言った。

「このポスターのおかげで、依頼がちょっと増えました」

「猫は、引きがありますからね……」

依頼人の視線が、下卑た色に染まる。動物頼みの商売しやがって……と侮蔑《ぶべつ》しているような視線だ。

「以前は、『初恋さがし』というのをやっていたんですよ。でも、ストーカー行為に繋《つな》がる事例が続出したので、やめたんです。で、その代りに、猫を」

山之内光子は、言い訳するように言った。

「なるほど」

が、依頼人の大きな目は、ますます下卑た色に染まる。

……いや、違う。この人は、もともとこういう目なのだ。いつどんなときだって、人の心の奥底を覗《のぞ》き込み、その奥から秘密を引きずり出そうと、目玉をギョロつかせている。

依頼人の名は、住吉隼人《すみよしはやと》と言った。ミツコ調査事務所のお馴染《なじ》みで、もうかれこれ、十年以上の付き合いになる。もっとも、ここ三年はとんとご無沙汰《ぶさた》だったのだが。

「……部署、異動になったんですね」

光子は、テーブルの上の名刺を見ながら言った。名刺には、『帝国テレビ　バラエティ局』とある。

前は、報道局にいた。ニュースの深層を探ったり、未解決事件を追ったりするのが彼の仕事で、ミツコ調査事務所はブレーンとして彼を手伝っていた。

「……もう、三年前ですよ、異動になったのは」

なるほど、それで、連絡が途切れたのか。

「一種の嫌がらせ人事ですよ。僕がアンタッチャブルな事件を追っていたのが、上層部の逆鱗《げきりん》に触れたのでしょう。異動を言い渡されたとき退職も考えました。でも、異動してみたら、これが案外、水が合いましてね。そういえば、僕、子供の頃はお笑い番組とか大好きだったな……特に歌番組が大好きだったな……大学時代は、バンドの手伝いもしていたな……なんてことを色々と思い出しまして。ああ、そうか。自分は本来、バラエティ志向なんだ……と気づかされた次第です。で、今では、四本、バラエティ番組を任されていて――」

住吉は指を折りながら、自分が担当している番組を列挙していった。それは、普段テレビを見る暇がない光子でも名を聞いたことがある番組ばかりで、つまり、ヒット作だった。

「すごいじゃないですか」

光子は、手を叩《たた》いた。「ご出世じゃないですか」

報道局にいた頃の住吉は、どちらかというとうだつの上がらない男だった。上司にもしょっちゅう叱《しか》られているような、お荷物スタッフ。……そんな印象だったのだが、今の住吉は、……少々老《ふ》けたが堂々とした自信に溢《あふ》れている。異動は嫌がらせなどではなく、元々の住吉の資質を見抜いて行われた適材適所な処置だったのかもしれない。

「所長さんの猫なんですか？」

「え？」

住吉の視線が、光子を通り越して例のポスターに再び注がれる。

「ああ。ポスター。……いいえ、違います。モデル猫です。……猫っていっても、人間並みのギャラですからね。……いや、もしかしたら人間より高いかもしれません。ちょっとしたアイドル並みにかかりました」

「僕も以前、番組で猫を借りたんですけれど。バカ高い額を請求されました」

ドアをノックする音が響く。「どうぞ」と返事をすると、ワイルドストロベリーのティーカップをトレイに載せたアルバイトがのそりと入ってきた。

今回のアルバイトは、できる。教えた通りに、フォートナム＆メイソンのダージリンを、茶葉から淹《い》れたようだ。……でも、その服装はちょっと問題だが。

「凝っていますね」

住吉が、その目をぎょろつかせた。

「え?」

「スタッフにメイド服を着せて、お茶を出すなんて」

「……いえ、これは」光子は、苦い笑みを浮かべた。「……で、今日はどんなご用件で?」

光子は本題を切り出すよう、うながした。

「どこから話せばいいかな。ちょっと、ややこしい話なんですが――」

紅茶にスティックシュガーを振り入れながら、住吉がゆっくりと語りはじめる。

……今度、新しい番組がはじまるんですよ。そのパイロット版として、二時間の特番を進めているところなんですが。

タイトルは『あの過去に、タイムスリップ!』といいます。まだ仮なので、変更する可能性もあるんですが。今日は便宜上、このタイトルで話を進めます。

……タイムスリップっていっても、SFではないですよ。

いわゆる、「ご対面番組」です。

まあ、昔ながらのコンテンツではあるんですが、一周回って今では新鮮かな……と思いまして、企画しました。

でも、意外と集まらないんですよ、番組出演の希望者が。結構前から、ホームページなんかで希望者を募集しているんですが。

僕が小さいときにはこの手の番組は多くて、しかも、出演希望者もたくさんいたのに。今は……ドライになっているんでしょうかね。一度縁が切れた人にはもう会いたくないのかな。それとも、番組に協力してもらわなくても自分の力である程度は探せるせいかもしれません。……今は、ネットがありますからね。

で、コーディネーターに依頼して、ご対面したい人がいる人物を探してもらったんです。……それでもようやく二人。

一人は、初恋の人に会いたい男性。……これは、他の興信所の協力のもと、尋ね人は見つかっています。この一月のことです。

あっけないものでしたよ。特にドラマも事件もなく、三日と経《た》たずに見つかってしまった。

……やはり、今の時代は、何事も早いですね。個人情報が厳重に守られている一方、情報は一括管理されていますから、ささいな情報が一つあれば、まさに芋蔓《いもづる》式。あっという間に、尋ね人にたどり着きます。

ところが。もう一人の、……仮にAさんとしておきます。そのAさんの尋ね人が難航していまして。……それで、こちらの事務所にご協力願おうと思いまして。

なにしろ、ミツコ調査事務所は人探しに関してはこの業界屈指の実績を誇っている。必ずや、いい結果をもたらしてくれるだろうと期待しまして。

……で、今回、探してほしい尋ね人は、『カジヤマ　トモコ』さんです。漢字で書くと……、「梶芽衣子」の〝梶〟に「山口智子」の〝山〟に、同じく「山口智子」の〝智子〟で、『梶山智子』です。

Aさんによると、梶山智子さんはかつての恋人なんだそうです。

Aさんと梶山智子さんの関係をもう少し詳しく説明すると。

Aさんはかつて、あるロックバンドのスタッフみたいなことをしていまして。メジャーデビューも果たした、割と人気のあったバンドで……バンド名ですか？　すみません、ここではちょっと名前を伏せさせてください。

で、そのバンドには、何人かグルーピーがいまして。グルーピーはご存知ですよね？　……ええ、そうです。人気バンドやスポーツ選手などのセレブにあの手この手で近づいて肉体関係に及ぼうとする、熱狂的ファンのことです。

梶山智子もまたグルーピーの一人で、Aさんと親密な関係になり、が、長くは続かず、いつのまにかその関係も終了しました。ところがその直後、梶山智子が出産した……という噂《うわさ》を風の便りで聞いた。Aさんは、自分の子供ではないか？　いや、間違いなく自分の子供だ……と確信したそうなんですが、そのときはそのまま捨て置いたのだそうです。というのも、結婚が秒読みで、それどころではなかったからです。

そして、月日が経ち。Aさんはガンを宣告されました。余命半年。

こうなると、梶山智子のことが思い出されてならない。梶山智子とその子供は、今、どうしているのか。……子供は、いくつになっただろう。生まれたのは、二十年前の三月の終わりだと聞いた。……ということは、あと少しで、二十歳。……大きくなったんだろうな。会いたい。会って、謝りたい。そして、子供を認知し、遺産相続人の一人に加えたい……と。

＋

「〝デメキン〟よ、私が結婚する人は」松金さんは、言いました。「……覚えてない？　サークルのOBで、ちょくちょく手伝いにきていた人」

覚えてないわけがない。……デメキン。私が、サークルをやめるきっかけになった人。

「嘘。……あの人と、結婚するんですか？」

私は、受話器を握りしめました。

松金さんが、あの〝デメキン〟と結婚？　二十歳以上離れているのに？　そんなことより、〝デメキン〟、結婚してたんじゃ？

「そりゃ、確かに、歳《とし》は離れているけど。でも、そんなの関係ないわよ。愛があれば。だって、彼、私のために離婚してくれたんだから」

松金さんが、うっとりとした口調で言う。そして、

「私ね、実は、あなたと彼のこと、疑っていたのよ。……デキてたんじゃないかって」

違う、そうじゃない。……言おうとしたが、松金さんは私の言葉を遮りました。

「あなたがサークルをやめたのも、彼が理由なんでしょう？」

それは、正しい。

「……でも、驚いた。あなたと彼が、そんな関係だったなんて」

だから、違うって。

「安心して。私は、そんなこと、ちっとも気にしてないから。……でも、これも何かの縁、今後は家族ぐるみで仲良くしましょう」

家族ぐるみって……。

「だから、結婚式には、ぜひ、あなたに出席してもらいたいの。彼もそれを強く望んでいる。私も、そうしてほしい。……あ、彼、今ここにいるのよ。代わる？」

「いえ。……はい、分かりました。……結婚式、出ます。いつですか？」

私は、こんなことを、つい、言ってしまいました。

でないと、〝デメキン〟と話す羽目になる。

それだけは避けたかったんです。……だって、何を話せばいいんでしょう？　今更。

とにかく電話を切る口実が欲しかった私は、不本意でしたが、結婚式に出ることを承諾してしまったのでした。……冷静に考えれば、結婚式に出れば、〝デメキン〟と再会しなくてはならない。そっちのほうがよほど厄介なことです。でも、人間、将来の厄介よりも目の前の面倒を避けるのを優先してしまうものなんですね。

……受話器を置くと、息を止めて潜水していた人が水から上がったときのように、私はブハァァァと大きく息を吐き出しました。

松金さんは苦手だ。長く話していると、どうしても息苦しくなる。あの甲高い声のせいかもしれません。

そう。母のことをどうしても思い出してしまうんです。松金さんと母は、どこか似ているんです。その声といい、その性格といい。

母は、結局、一度も結婚することはありませんでしたが、男が切れたこともありませんでした。私が覚えているだけでも、家に連れ込んだ男は六人。……いいえ、七人です。中には、幼い私に欲情するロリコン男までいまして。だから、私、祖母の家に逃げ込んだんです。……しばらくは祖母と平穏に暮らしていたんですが、祖母が持病の心臓病で亡《な》くなり、その代りに母が転がり込んできました。ですが、半年もしないうちに、新しい男ができたからと、出て行ってしまいました。母が残していったのは、「元気でね」という書き置きと、固定電話の着信メロディーだけでした。

……それからすぐのことです。母は、死にました。殺害されたんです。……二年前のことです。

いつかこうなるだろうとは予想していたので、私は別段、驚きもしませんでした。

ですが、涙が止まらなかったのは不思議でした。

涙って、特に悲しくなくても、出るもんなんですね。

いずれにしても、そのとき、私は十九歳でした。

十九歳にして、私は、天涯孤独になってしまったのです。

え？　母の名前ですか？

母の名前は、梶山智子といいます。

＋

「……あの。間違いでしたら、ごめんなさい」

山之内光子は、ティーカップをソーサーに戻すと、依頼人の顔を覗き込んだ。

「……梶山智子さんを探してらっしゃるAさんというのは、……住吉さん、あなたご本人ではないですか？　そして、あるロックバンド……というのは、『イエローキャッツ』のことじゃありませんか？」

「え？」

住吉の顔が、一瞬、青褪《あおざ》める。が、すぐに笑顔を取り繕うと、

「いやー、参ったな」

と、住吉は、おでこをパチンと右手で叩いた。かつては髪が豊富にあったその頭部、今ではどこまでがおでこなのかよく解《わか》らない。

「さすがは、〝名探偵光子〟さんだ」

「名探偵なんて。……ただの興信所の所長ですよ」

謙《へりくだ》ってみたが、〝名探偵〟と言われて、悪い気はしない。光子は、小鼻を蠢《うごめ》かした。

「でも、どうしてバレたんだろう？　ご解説願いたいのですが、名探偵殿」

「簡単ですよ」

光子は、またもや小鼻を蠢かした。

「住吉さんがかつて、伝説のロックバンド『イエローキャッツ』と交流があったのは、有名な話です」

「有名ですか？」

今度は、住吉が小鼻を蠢かした。

……有名というか。住吉本人が、そう吹聴《ふいちょう》して歩いている。『イエローキャッツ』と交流があったと。光子も、もう何度も聞いている。

「いや、正確には〝交流〟ではないです。僕自身が、『イエローキャッツ』に在籍していたんです」

それは、初めて聞く。「ほー」と光子は、身を乗り出した。

「『イエローキャッツ』がまだ大学のサークル内のいちバンドに過ぎなかった頃、僕もパーカッションで参加していたんです。テレビ局に就職が決まって、僕は脱退しちゃったけど、関係は続いていて。『イエローキャッツ』がメジャーデビューできたのも、僕が音楽プロデューサーに紹介したからなんですよ」

住吉の小鼻が、なにか別の生物のようにひくひくと蠢く。

「だから、僕は、『イエローキャッツ』の第一期メンバーの一人だったというわけです。〝交流〟なんて、そんな軽い関係ではない。と言っても、『イエローキャッツ』の第一期メンバーは、あまり知られてませんけどね」

「……はい。私も、てっきり、『イエローキャッツ』の第一期は、イチロー、モリー、ジェット、ミッキー、ポーヤン……の五人だと思ってました」

「それは、厳密には第二期です」

「そうだったんですか」

「ちなみに、所長さんが好きな時期はどれですか？」

「業界の評価では、『イエローキャッツ』のピークは第二期だというのが定番です。イチロー、ミッキー、キャリー、ボブ、まーくん……の第二期。もちろん私も好きですが――」

「それは、厳密には第三期です」

「あ、すみません。……第三期も好きですが、私はそのあとの……第四期時代が一番好きなんです」

「おー、それは、お目が高い。僕も第四期を一番評価しているんです」

「この時期に発表された『シーズ・ノット・ゼア』、あれ、大好きなんですよ」

「ああ、『シーズ・ノット・ゼア』。ザ・ゾンビーズのカバー曲ですね」

そう言ったきり住吉は、黙り込んだ。そしてしばらくティーカップを弄《もてあそ》んでいたが、やおら視線を上げた。

「……梶山智子は、まさに、『シーズ・ノット・ゼア』に歌われているような女でした」

……はて？　どんな内容だったろうか。何しろそのナンバーは英語で、内容などよくよく知らないまま、雰囲気だけで楽しんでいた。

「……嘘つきで、移り気で、身持ちが悪くて――」住吉は、鼻歌を歌うように呟《つぶや》いた。そして、ティーカップの中身を飲み干した。

「でも、それは、彼女をよく知らないヤツらが憶測で流した噂にすぎない。本当の智子はただただ優しい女だった。その優しさが仇《あだ》になり、周囲に〝移り気な女〟と映ってしまっただけなんです」

「でも、……その智子さんは、先ほどの話では、グルーピー……」

「グルーピーと言ってもね、君」

住吉の視線が、攻撃するようにこちらに向けられた。そして口調もいきなり乱暴になった。

「いろいろあるんだよ、グルーピーにも。自身の虚栄心を満足させるために見境なく有名人と寝るヤツも、もちろんいる。君が想像しているのは、そんな連中のことだろう。でも、智子は違う。智子は、僕たちの〝守護天使《ミューズ》〟だったんだから！」

住吉は、虚《うつ》ろな視線で宙を仰いだ。

「……智子は、本当に素晴らしい女性だった。……真実の彼女を知るのは、僕だけだ。僕と智子は本当に愛し合っていたんだ。そして僕たちは愛の結晶を儲《もう》けて──」

「は……？」

そんなつもりはなかったが、光子の口から、つい、疑惑のため息が漏れる。

それが伝わったのか、住吉は、語気を荒らげた。

「智子の子が、僕の子だという証拠だってある。手紙だ。……手紙をもらったんだ」

そして、住吉は、一通の封書を懐《ふところ》から取り出した。

「守護天使《ミューズ》ね……」

パソコンを前にして、光子は、ため息交じりで呟いた。

目の前に表示されているのは、ウェブ百科事典〝インターペディア〟だ。

これによると、『イエローキャッツ』が解散した直接の原因は、グルーピーの存在にあるという。

それまでにも度重なるメンバーチェンジがあったが、それも、あるグルーピーを取り合ってのメンバー間の内紛が原因なのだという。

「守護天使《ミューズ》……というより、魔性の女よね。または、傾国の女」

光子は、ひとりごちた。

それに応《こた》えるように、

「あぁぁぁーーっ」

と、調査員の根元沙織が、発情期の鶴《つる》のような声を上げた。

「やだ、なに？　大きな声だして。どうしたの？」

声をかけると、

「見つかったんですよ、ネルちゃんが」

と、スマートフォンを握りしめながら根元調査員。

ネルちゃん……。ああ。迷い猫の。先週、探してくれと依頼があった。

「はい。……今、見つかったって、メールが来ました」

猫探しは、当事務所の本業ではない。だから、その筋のプロに外注に出している。その筋のプロ……といっても、なんでも屋だが。

「ネルちゃん、どこにいたの？」

訊くと、

「飼い主の隣の家にいたんだそうです」

「隣の家？」

そういえば、なんでも屋の猫探しのプロが、こんなことを言っていた。

「猫は、もともとビビりなんですよ。だから、テリトリーから遠く離れて放浪することはほとんどないんです。特に飼い猫の場合は。だから、脱走しても、飼い主の家の近くに潜んでいるものなんですよ」

だからと言って。……隣の家にいたって、どういうこと？

「メールによると、ネルちゃん、隣の家でも飼われていたみたいなんです」

なるほど。昔はそういうことはよくあった。野良猫《のらねこ》が、餌《えさ》をくれる人を何人かキープして、その人たちの家に順々に通う……ということは。

「でも、ネルちゃんは、依頼人の飼い猫だったんでしょう？　なんで、またそんなことに」

「いいえ、違うんです。元々の飼い主は、隣の家のほうだったんです」

「え？　そうなの？」

「……ミツコ先生。もしかしたら、これはただの迷い猫の捜索ではないかもしれませんよ。もっと深い事情が隠れているのかも。面倒なことになるかもしれませんよ。

……私たち、余計なことをしてしまったかもしれません」

「どういうこと？」

「だから、ネルちゃんの親権……いや、この場合は所有権か。……つまり、ネルちゃんはどっちの所有物なのか……という争いに発展する可能性があります」

「やだ、何、それ」

「下手したら、裁判に巻き込まれるかも。……そうなったら、いろいろと面倒ですよ、先生。最悪、賠償金とか請求されちゃうかも」

「無きにしも非《あら》ずね」

……

「面倒なことになる前に、この件からは手を引いたほうがいいかもしれませんね。……なんでも屋さんに、このまま丸投げしちゃいましょう、この件は」

「そうね。餅《もち》は餅屋に任せたほうがいいわね」

　そして光子は、猫のことはこれで一件落着とばかりに手をパンと叩くと、

「そんなことより。今日、こんな依頼があったんだけど――」

　と、根元調査員に住吉隼人の件を簡潔に説明した。

「……なるほど。つまり、今は帝国テレビのディレクターである住吉隼人さん。が、かつては『イエローキャッツ』というグループに所属していて……って、『イエローキャッツ』って？」

　言いながら、スマートフォンをちゃっちゃと操作しはじめる根元調査員。

「……一九九二年から一九九五年に活動したロックバンドのことか。……へー、知らなかった」

「活動期間は短かったからね。でも、かなりの人気があったのよ。伝説のバンド。今でも、マニアはたくさんいる」

「……っていうか、一九九二年って、私、中学生か――」

　若さ自慢をされている気分になって、光子は「私もよく知らないんだけど」などと、くだらない嘘をついた。あまりの馬鹿馬鹿《ばかばか》しさに顔が赤くなるが、根元調査員はそんな光子を無視して、話を進めた。

「話をまとめると。……その『イエローキャッツ』のグルーピーの一人だったのが、『梶山智子』。……住吉さんはその梶山智子と恋仲になり子供を儲けるも、梶山智子を捨てて他の女性と結婚。それから二十年。住吉さんはガンを宣告され、余命半年。梶山智子とその子供を探し出そうと、うちに依頼を――」

「あ、梶山智子さんは、多分、もう死亡している」

光子は言葉を挟んだ。

「もう、調査したんですか？　さすがは、ミツコ先生。早いですね」

「ううん。調査というか、検索しただけなんだけど。……梶山智子さん、殺害されちゃったらしいよ、内縁の夫に。なんか、痴情のもつれみたい」

言いながら、光子は先ほどプリントアウトしたばかりのネットニュースを、ひらりと掲げた。

十五日午前六時半ごろ、埼玉県川口市芝六丁目のマンション敷地内で、男性が倒れているのをマンションの管理人の男性が発見、１１９番通報した。倒れていたのは川口市西川口の会社員男性（45）で、搬送先の病院で死亡が確認された。同日午前八時四十分ごろ、川口署員が身元確認のため男性の自宅を訪れたところ、室内で梶山智子さん（41）が血を流して死んでいた。男性と梶山さんは内縁関係で、男性の遺体のそばには梶山さんの殺害をほのめかすメモがあり県警は男性が女性を殺害後、飛び降り自殺を図った可能性もあるとみて調べている。

（大平新聞、二〇一五年一月十六日付より）

「やだ、これ、最近のことじゃないですか。……しかも無理心中？」

ニュースを手にしながら、根元調査員が興奮気味に声を上げた。彼女は、三度の飯より〝事件〟が好きなのだ。ゆくゆくは、ミステリー作家になるのが目標らしい。

光子は、続けた。

「……この記事にある梶山智子さんが、住吉さんのいう梶山智子さん本人か裏付けを取る必要はあるけど、まあ、間違いないでしょうね。年齢も合っているし。……梶山智子さんがグルーピーをしていたのは、十八歳から二十一歳頃まで。で、住吉さんと付き合っていたのは二十一歳の頃だとして。今生きていれば、四十一歳。……ぴったりよ」

「さすがですね、先生。グルーピーをしていた時期まで、もう調査されたんですね」

「……これも、ネットで検索しただけだけどね。ありがたいことに、『イエローキャッツ』と検索しただけで、わんさか情報がヒットする。そのグルーピーのことまで。

「……でも」

根元調査員が、眉間《みけん》に皺《しわ》を寄せた。

「……梶山智子がグルーピーだったとしたら、……彼女の子供、本当に住吉さんの子供なんでしょうか？」

鋭いところを突いてくる。

そう、それは自分も気になっていたのだ。光子は、パソコンの画面を見つめた。

ウェブ百科事典、インターペディア。ここに、『イエローキャッツ』の情報が、詳細に書き込まれている。これらを書き込んだのはかつてのファンか、それとも内部事情に詳しい人か。あるいは、メンバーやスタッフだった人もいるかもしれない。

これによると、梶山智子が、一種のサークルクラッシャーだったことがよく分かる。

サークルクラッシャー。本来は、奥手で地味で冴《さ》えない男性の集まりの紅一点のことをいう。女性経験が少ない男性たちを手玉に取り、サークル内の人間関係を壊してサークルそのものを消滅させてしまう女性のことだ。が、『イエローキャッツ』の構成メンバーは、奥手で地味で冴えない……の対極にある。群がる女は数多《あまた》いたはずだ。

……いや、でも、だからこそ、梶山智子はメンバーにとって特別だったのかもしれない。なにしろ、梶山智子は、『イエローキャッツ』が結成するかしないかの頃からマネージャーのようなことをしていたらしい。『イエローキャッツ』は、元々は大学の軽音楽サークル。その頃は、ただの地味な学生の集まりだったのかもしれない。そんな中、紛れ込んだ紅一点。……彼らにとっては「守護天使《ミューズ》」だったのだろう。が、その実態は、サークルクラッシャー。その証拠に、『イエローキャッツ』は、梶山智子を取り合って度々騒動を起こし、ついには解散してしまった。

つまりだ。梶山智子は、メンバー全員と寝ている可能性がある。いや、間違いなく寝ているだろう。

ということは。

「梶山智子の子供、本当に住吉さんの子供なんでしょうか？」

根元調査員が、繰り返した。

「……他のメンバーの子供だという可能性もありません？」

「でも、手紙があるのよ。……梶山智子さんが住吉さんに送った手紙が。……これが、そのコピー」

光子は、今度はコピーを掲げた。

『菜の花の季節に娘が生まれました。この子はあなたの子供です。あなたにそっくりです。いつか、必ず、娘に会いに来てくださいね』

「ふーん。なんだか、随分とあっさりした手紙ですね。……嘘くさい」

根元調査員が、疑念たっぷりに言った。

「これだけじゃ、本当に住吉さんの子か、分かりませんよ？　DNA鑑定が必要かも」

「DNA鑑定？　それは、私たちの仕事じゃないわ」

光子は、肩を竦《すく》めた。

「DNA鑑定をするかしないかは、住吉さんの判断。住吉さんが自分の子供だと信じている限り、私たちがとやかく言える問題じゃない」

「でも……」

「いいじゃない。ご本人が、遺産を相続させたいっていうんだから。娘さんだって、遺産が入ったら喜ぶと思うのよ。それに、やっぱり、父親は必要よ。なんだかんだ言っても、両親が揃《そろ》っているかどうかは、いろんな局面で重要になってくるんだから」

「……まあ、そうですね」

「とにかく、時間がないわ。なにしろ、住吉さんの余命は半年。すぐにでも、娘さんを探し出さないと」

「余命半年。……確かに、時間がないですね」

「今すぐ、調査に入ってちょうだい。……できる？」

「はい。大丈夫だと思います。『梶山智子』を切り口にすれば、そんなに難しいことではないと思います。一週間もあれば」

それから一週間もしないうちに、根元調査員は完璧《かんぺき》な報告書をまとめ上げた。

その旨《むね》を知らせると、住吉隼人はその日のうちに事務所にやってきた。

「住吉さん、わざわざ、お越しいただきまして。……こちらから伺いましたのに。……お体は、大丈夫なんですか？」

「おかげで、ここんところ、調子がいいんですよ。先日の検査では、ガン細胞が小さくなっていると」

「それは、良かったですね！」

「そんなことより、早く、報告書を。娘は、見つかったんですか？」

住吉のギョロ目が、さらに大きくなる。

「はい。娘さんは見つかりました。しかし、梶山智子さんは、この一月に死亡し——」

「智子のことは分かっている」

「え？ そうなんですか？」

「そんなことより、娘は？ ……娘の菜々花《ななか》は？」

「はい。無事です。今、熱海のマンションに住んでいます」

「熱海だったのか……」

「母方の祖母、梶山淑子《としこ》が所有していたマンションです。……それにしても、立派なマンションでした。聞くと、梶山家はたいそうな資産家で、都内にも幾つかマンションと戸建をお持ちです。今は、すべて孫の梶山菜々花さんが財産を相続されていますが。弱冠十九歳にして、億万長者です。都内のS大学に通っていまして、軽音楽サークルに所属し——」

「なるほど。母親と同じ大学、そして同じサークルに入っているのか。やっぱり、親子だな。……わかった。で、連絡先は？ ……戸籍謄本《とうほん》はどこ？」

「この報告書にございます」

言い終わらないうちに、住吉は茶封筒を奪い取った。

そして中身を確認すると「まだ、十九歳だな。間に合った……」と呟いた。

その目は、娘を思う父親……というよりは、餌を前にした狂犬のそれだ。

光子の中に小さな疑惑が芽生えた。が、いつものように、パチンと照明のスイッチを切るようにその疑惑を消し去った。そして、

「さあ、住吉さん。……お茶はいかがですか？」

＋

「私、〝デメキン〟と結婚するの。そう、あの〝デメキン〟よ」

松金さんの報告は、私に戦慄《せんりつ》をもたらしました。

あの〝デメキン〟と結婚？

私を散々ストーキングしてきた、あの〝デメキン〟と？

〝デメキン〟とは、言うまでもなく、あだ名です。そのギョロ目がまるで出目金のようだから、そう呼ばれていました。

〝デメキン〟が、私が所属する軽音楽サークルにOBとして現れたのは、母が死んだ年、二年前の二〇一五年、三月頃です。……うちの軽音楽サークルは、その昔、『イエローキャッツ』というロックバンドを輩出していますので、OBと名乗る胡散臭《うさんくさ》い

人が多く訪ねてきます。なので、その手の輩《やから》には皆警戒していたんですが、〝デメキン〟は、帝国テレビのディレクターということもあり、皆、簡単に信用してしまいました。気がつけば、サークルの主導権を握るまでに。……でも私は苦手でした。だって、仲の良かった人たちを仲違《なかたが》いさせたり、悪い噂を流したりして、自分の気に入らないメンバーを脱会させたりするんです。一方、お気に入りのメンバーにはとことん肩入れしたり。……サークルのメンバーは、いつしか〝デメキン〟の顔色を窺《うかが》うようになりました。まさに、〝デメキン〟にサークルを乗っ取られた形です。

そんな〝デメキン〟は、私の母のことをよく知っている風で、それを餌に、私を執《しっ》拗《よう》に誘ってくるようになりました。尾行されたことも一度や二度ではありません。……もちろん、その都度、まきましたので大事には至らなかったのですが。うんざりでした。

それでなくても、〝デメキン〟の出現でサークルは壊滅状態、これ以上、面倒に巻き込まれるのはまっぴらだと思い、私はサークルを辞めたんです。

サークルを辞めてからは、〝デメキン〟のストーカー行為も無くなりました。ああ、やっと、私を諦《あきら》めてくれたんだ……と安心していたんです。

そして、〝デメキン〟のこともサークルのことも忘れていたというのに。

ここにきて、衝撃の展開。松金先輩と〝デメキン〟が結婚！

しかも、私に結婚式に出席しろという。

なんで私が？　どうして？

疑問符がたくさん飛び交う中、結婚式の招待状が送られてきて、そして、松金さんからまた電話がありました。

「航空券を取るから、パスポート番号、教えてくれる？」と。

ああ、そういえば、パスポート、切れていたんだった。更新しなくちゃ。

で、パスポートを更新するには戸籍謄本が必要だってことで、……取り寄せたんです。そしたら。

……戸籍に、とんでもない人の名前が記されていたんです！

「住吉隼人」

住吉隼人。……まさに、〝デメキン〟です。

しかも、「父」の欄に。身分事項の欄には「認知」という文字が。

つまり、私、あの薄気味悪い〝デメキン〟の娘になっちゃったんです！

これです。見てください。

……認知された日付は、平成二十七年……つまり二〇一五年の三月十三日。

二年前のことです。

ああ、これで合点がいきました。松金さんが〝家族ぐるみ〟で……って言ったのは、こういうことだったんです。

松金さん、知っていたんですね、この認知のことを。〝デメキン〟と私が親子になったということを。

でも、違います。〝デメキン〟が父親のはずありません！　だって、あの人は——。

……もちろん、その可能性は無きにしも非ずです。……母は、あんな人でしたから。

もしかしたら、〝デメキン〟とも。……でも、万が一そうだとしても、あんな人と親子関係になるなんて、まっぴらです！　こんなことなら、父親なんて、いりません！

ああ、なんで、こんなことに。

もう、ほんと、気持ち悪い。……あんな人が父親なはずない。……だって、あの人は……私をレイプしようとしたんですよ？　父親が、娘にそんなことします？

……ああ、本当に気持ち悪い。

なんで？　あんなヤツと親子にならなきゃいけないの？

え？

二年前、私が何歳だったかって？

ですから、先ほども申しましたように、十九歳です。三月二十九日が私の誕生日なので、その時点では、まだ十九歳でした。

どういうことなんでしょう？　この年の一月、母が殺害されました。そして三月には〝デメキン〟から認知届が出されて。そういえば。〝デメキン〟がサークルに現れたのもこの頃です。

これって、どういうことでしょうか？

もしかして、これらの出来事は、……どこかで繋《つな》がっているんでしょうか？

そもそも、認知って、……勝手にされちゃうもんなんでしょうか？

＋

二〇一七年二月二十三日。

ミツコ調査事務所。

この日事務所を訪れたのは、山之内光子にとってはあまり歓迎したくない人物だった。歳は、自分と同じぐらい……五十代半ばだろうか。それとも、もしかしたらもう少し下かもしれない。いずれにしても、この男のオーラは尋常ではない。まさに、任《にん》侠《きょう》映画に出てきそうなインテリヤクザのそれだ。こんなキレッキレのオーラを持つ男が法廷に現れたら、検事も戦意を失うだろう。あるいは裁判官ですら、怯《ひる》んでしまうかもしれない。

池上隆也《いけがみたかや》、その背広の襟には弁護士バッジ。

無論、弁護士は、調査事務所にとっては大切なクライアントだ。依頼があれば、こちらからいそいそと出向く。だが、そんなクライアント様がこうやって自ら調査事務所になど、足を運ぶはずもない。あったとしたら、それは、こちらが何か調査対象になっているときだ。

「……あの、お茶をどうぞ」

光子は、男にお茶を勧めた。そして、毒見とばかりに自分もお茶を口に含んだ。なにしろ、このお茶を出したのは、根元沙織。彼女とは最近、うまくいっていない。先ほども喧嘩《けんか》したばかりだ。もしかしたら、その腹いせに、安いお茶を出した可能性もある。

が、それは杞憂《きゆう》に過ぎなかった。……最上級の狭山《さやま》茶だ。

が、池上隆也の表情は相変わらず、硬い。

きっと、根元沙織の服装が気になっているのだろう。

「ああ見えて、仕事はちゃんとしているんですよ」

光子は、場を和ませようと、軽快な口調で言った。

「でも、あれじゃ色々と危ない。注意はしないんですか？」

にこりともせずに、池上弁護士。

「注意？　しませんよ。うちは、そういうところ自由なので」

「そうですか。……他の従業員も？」

「ええ、まあ、自由にやらせています」

…………。

そんなどうでもいいやりとりが数分続いて。

「……あの、ところで。……今日はどのような用件で？」

光子は、恐る恐る、尋ねた。

「梶山菜々花さんのことは、もちろんご存知ですよね？」

池上弁護士が、地鳴りのような低い声で言った。

「梶山……菜々花……」

光子は、ガクガク震える膝《ひざ》を隠しながら、軽快に応えた。

「知っていたとしても、お答えするわけにはいかないんですよねぇ。守秘義務がありましてぇ」

「あ？」池上弁護士が凄《すご》んだ。「あなたに、守秘義務をふりかざす権利などありませんよ。なにしろ、あなたは被告なんですからね」

被告？

「訴訟の手続きを終えたところです。原告は、梶山菜々花さんです」

梶山菜々花が、なぜ？　なぜ、私を訴えるのか？

「おやおや。そんなことも分からないんですか。では、質問を変えます。……住吉隼人はもちろんご存知ですよね？」

「はい。知っています」

今度は、物分かりのいい生徒のように即答する光子。その膝は相変わらず震えている。

「二年前、二〇一五年三月頃、住吉隼人に依頼されて、あなた、梶山菜々花の居場所と本籍を調べ上げ、それらを住吉に教えましたね？」

「……はい」

「住吉は、その情報をもとに、梶山菜々花さんの戸籍謄本を取り寄せ、梶山菜々花さんを認知しました。……まさか、戸籍謄本を取り寄せたのも、あなたですか？」

「……はい」

「委任状を偽造したのですね。立派な法律違反ですね。これだけでも、処罰に値します」

「……はい」

「あなたがしたことがどれほど重大な罪か、あなた、分かってます？」

「いえ、でも、依頼人が、どうしても認知をしたいとおっしゃるから……」

「そう。その認知です。現法では、胎児を除く未成年の場合、父親の一方的な手続きで認知することができます。当人や母親の承認なしにね。これは、古い家父長制時代の名残りで、今の時代にはそぐわない。子供の意思をまったく無視したナンセンスな法律と言えます。が、今は、法律の瑕疵《かし》は置いておいて。……あなたがやらかした法律違反のせいで、住吉隼人は、一方的に梶山菜々花さんの父親になることができたのです。これが、何を意味するか分かりますか？　つまり、梶山菜々花さんにもしものことがあった場合、住吉は、梶山さんの遺産をすべて相続することができる……ということですよ」

「あ」

「梶山さんには、直近の親族はいない。ということは、戸籍上の父親である住吉が遺産相続人となるのです。……分かります？　あなた、財産乗っ取りの片棒を担《かつ》いだんですよ？」

「…………」

「そもそも、住吉隼人という男がどういう人間なのかろくに調べもせずに、よくもまあ、依頼を受けたものです。興信所というところは、良識がないんでしょうかね。金さえ払えば、それがたとえ犯罪者であっても、受けちゃうんですかね」

「……まさか、そんな」

「なら、なぜ、住吉隼人なんていう詐欺師《さぎし》の依頼を受けたのですか？」

「詐欺師？」

「住吉隼人が、帝国テレビを解雇されているのはご存知ですか？　ヤツがここに依頼したときには、すでに、解雇された後だったんですよ。なぜ解雇されたか。横領、セクハラ、パワハラ、恐喝、暴行……まさに、犯罪のデパートですよ。帝国テレビの温情で、どれも事件にはなっていませんがね。

　調べたところ、住吉隼人の犯罪者気質は、大学時代からだったようです。そのターゲットになったのが、梶山智子。そう、『イエローキャッツ』のマネージャーをしていた女性です。住吉隼人は彼女に執着し、が、その思いが届かないとなると、悪い噂《うわさ》を流して、彼女を悪女に仕立てた。それにより精神を病んでしまった彼女は、本物の〝ビッチ〟になってしまったそうです。そのせいで、『イエローキャッツ』内はトラブル続き、メンバー間にも常に不協和音が鳴り響いていた。

つまりですね。住吉隼人こそが、〝サークルクラッシャー〟だったんですよ。

それなのに、あなたときたら。そんな男にまんまと騙《だま》されて。……あなた、まさか、梶山智子の居場所も教えましたか？」

「いえ、それはありません。私が依頼を受けたときには、梶山智子さんはもう亡くなっていました！」光子は、無罪を訴える被告人の形相で、声を上げた。

「なるほど。では、梶山智子さんの居場所は、他の興信所に依頼したんだろう。そして、彼女を見つけだし、内縁の夫ごと殺害した。……無理心中に見せかけて。……そして、ターゲットをその娘に絞った。認知などという手段を使って、彼女の人生そのものを乗っ取ろうとした。……まあ、これらは、僕の推測ですがね」

「あなたの推測が正しいとしたら……なぜ、住吉隼人は、そこまで？」

「そういう男なんですよ。生まれながらの犯罪者」

生まれながらの、犯罪者。

瞼《まぶた》の奥にあのギョロ目が浮かんできて、光子の膝はさらに震えた。

が、震えているばかりでは、埒《らち》があかない。現実と向き合わねば。光子は姿勢を正すと、きっと視線を上げた。

「……ところで、今回、私が梶山菜々花さんに訴えられたのは、どの点なんでしょう？　争点は？」

「ご安心ください。その訴状は届きません」

「え？　でも、さっき」

「はい。手続きはしました。が、それは原告不在で、取り下げられることになるでしょう」

「……あの、おっしゃっている意味が、よく分からないのですが」

「そう。……まだニュースにはなっていませんからね。ご存じないのも仕方ない」

「ニュース？」

「つまりですね、梶山菜々花さんは、今朝方、遺体で見つかったんです」

「……え？」

「ですから、熱海のマンションから飛び降りたんです。……警察は、自殺とみて捜査を進めていますが」

「自殺？」

「あなた、これ、自殺だと思います？」

「…………」

「梶山菜々花さんが弁護士の僕に相談していることを嗅《か》ぎつけて、住吉隼人が始末した……と考えると、理屈に合うんですけどね」

「…………」

「いずれにしても、これで、住吉隼人は梶山家の財産を独り占めです。……その資産額、三十五億円」

三十五億円！

「ということで、今度は、僕が彼のターゲットになってしまうかもしれません。なにしろ、彼の正体を暴《あば》いてしまいましたから」

「……どういう……」

「あなたも、気をつけてくださいね。あなたも、いつか、彼のターゲットになってしまうかもしれませんよ。だって、こうやって彼の正体を知ってしまったんですから。……今日は、それをお伝えに来たんです。……後ろには、気をつけてください……って」

エンサイクロペディア

相談受付日 2017.08.11

エンサイクロペディア encyclopedia
百科事典のこと。

由来はラテン語の encyclopædia で、「完全な教育」を意味する。

ブリタニカ百科事典（Encyclopædia Britannica）アメリカ大百科事典（Encyclopedia Americana）などが有名。

（ウェブ百科事典・インターペディアより）

＋

ＪＲ高田馬場駅から歩いて五分。早稲田通り沿いの雑居ビル、四階。

ミツコ調査事務所。

「猫も、探すんで？」

依頼人が、壁に貼《は》られている『猫さがし』のポスターを見ながら、大きな目を細めた。

このポスターを見た者は、みな、このような表情になる。

そして、

「このポスターの猫、……なんていいましたっけ？　今、流行《はや》ってますよね？」

などと話を繋《つな》げてしばらくは猫談義になるのだが。

今回はちょっと違った。

ハックション！　と、コントで芸人がするようなくしゃみをすると、依頼人は、洟《はな》をすすった。

「さーせん、あたし、猫アレルギーなもんで。絵や写真を見ただけで、反応しちゃうんすよ」

依頼人の名前は、日高定子《ひだかさだこ》といった。

名前だけ見ると年配のようだが、二十三歳の女性だ。しかも、ギャル。

脱色した長い髪。細い眉毛《まゆげ》。ばっさばさのつけまつ毛。そして、バイカラーの幾何学模様の超ミニワンピース。網タイツで覆《おお》われた太ももが、少し痛々しい。

こんな子が、〝定子〟だなんて。

山之内光子は、肩を竦《すく》めた。

もしかしたら、形《なり》はこんなだが、家柄はいいのかもしれない。昨今、いわゆる〝キラキラネーム〟を付けたがる親は多いが、ちゃんとした家だと、祖父母や親戚《しんせき》などがそれを退け、結局、昔ながらの名前を付けることが多い。逆をいえば、〝キラキラネーム〟を付けられた子供の家庭は……。

実際、キラキラネームを持つ人物は、就職に不利だ。以前、とある大手企業の人事部に依頼されて、内定候補の人物の素行調査をしたことがある。そのときに見せてもらった名簿には、キラキラネームはひとつも見当たらなかった。訊《き》いてみると、「そういう名前をもつ人物は、エントリーシートの段階で落とす」んだそうだ。むろん、キラキラネームでも優秀な人もいる。それでも採用は難しいという。思い当たる節がある。光子は今まで、大勢の人物と名刺交換をしてきたが、大手企業やそれなりの地位にいる人物の名前は、いたって〝普通〟で〝地味〟だ。

光子は、目の前の人物をまじまじと見た。

名は体を表す……という格言は、この女性に限っては当てはまっていないような気がする。

「……〝サダコ〟って、ダサい名前でしょう？」

依頼人は、言った。

「いいえ、そんなことはありません。素敵な名前です」

「年寄りはみんなそう言うんだよね」

　年寄り？

「でも、あたしは嫌い。なんか、しわしわで」

　しわしわ？　……ああ、そういえば、聞いたことがある。〝しわしわネーム〟。〝キラキラネーム〟の反対、いわゆる昔ながらの名前のことを指すらしいのだが、

「所長さんもしわしわっすね！」

　依頼人は、光子を指差しながら、ケラケラ笑いだした。

　むっとする光子に、

「ちゃいますよ！」

　光子の名刺をトランプのようにつまみ上げながら、依頼人。

「名前っすよ、名前！　〝光子〟って名前が、しわしわだなって」

　光子は咳《せき》払いすると、Ａ４の〝ご相談申し込み書〟に改めて視線を走らせた。飛び込みでこの事務所に来た一見《いちげん》さんには必ず書かせる申し込み書だが、その欄はほとんど空欄だ。埋められているのは名前と年齢と電話番号だけ。……しかも、字が汚い。

「それで、ご相談というのは……？」

「インターペディアって、知ってますかぁ？」

依頼人は相変わらず軽いノリで言ったが、その顔は、少々青褪《あおざ》めている。

「……インターペディアですか？　ウェブ百科事典の？」

「そう」

「それが、どうしましたか？」

「インターペディアに、……名前が出ているんすよ……」

＋

えっと。どっから話せばいいですかね。

え？　簡単に？

もしかして、時間、ない？

ああ、そうか、明日からお盆休みだって、先輩が言ってたっけ。

うん、分かった。簡単に話すね。

先輩が言うわけ。

「インターペディアに載ってるよ」

それまで、インターペディアなんか知らなくてさ。パソコン持ってないし、スマホではゲームとラインとSNSぐらいしかやらないし。

だから、インターペディアに載ってるよ……って言われても、「なに、それ？」状態。

「うっそ、知らないの？　インターペディア」

そんなこと、言われてもさ……。

「インターペディアっていうのは、世界規模のウェブ百科事典。人物や出来事や事象……とにかく、ありとあらゆる言葉が網羅《もうら》されているんだよ」

もーら？　もーらって何？

……先輩って、ときどき、難しい言葉を使うから、ちょっと苦手なんだ。

いい大学を出ているらしいんだけどさ。でも、聞いたことがあるよ。本当に頭のいい人は、難しい言葉は使わないんだって。頭が悪い人ほど、難しい言葉を使いがちなんだって。

えっと。誰が言ったんだっけな……。

え？　話を先に進めてくれって？　うん、分かった。じゃ、細かいことは省略して。

……ということで、先輩が、インターペディアっていうやつを見せてくれたわけ。

「ね、あなたの名前が載っているでしょう？」

確かに、それは『日高定子』っていう名前だった。

でも、インターペディアって、あらゆる人物が載っているもんなんでしょう？　だったら、『日高定子』が載っていても、おかしくないんじゃない？

「ばっかじゃない？　インターペディアに載るのが許されるのは、有名人だけなの。一度でもメディアやマスコミで話題になった人だけ。一般人は、載らないんだよ」

へー、そうなんだ。……じゃ、あたしは有名人なの？

「なわけ、ないでしょう。あんたはただの一般人。違う？」

まぁ、そうだね。ただの一般人だよ。一度も、メディアやマスコミで話題になったことはない。

じゃ、なんで、載ってんの？

「だから、それを知りたくて、訊いてるんでしょう？　あんた、自分で『日高定子』の記事を作成したんじゃないの？」

え？　あたしが？　……そんなこと、できんの？

「できる。インターペディアは、誰でも記事を作ることができるし、また、既存の記事を編集することもできるんだよ」

へー、そうなんだ。

「でも、よくよく考えたら、あんたじゃ無理か。パソコンもろくに使えないんだから」

そうだよ。あたしじゃない。

「じゃ、誰が『日高定子』の記事を作ったんだろ？　しかも、こんなデタラメな記事」

そう、その記事は、デタラメだったんだ。だから、同姓同名の赤の他人のことだろう……って。『日高定子』って、なんか日本中にたくさんいそうじゃん。

でも、記事の中に書かれているプロフィール的なものは、あたし自身のことなんだよね。なんか気持ち悪いな……とは思ったんだけど。まあ、いいかって、スルーしてたんだ。

ところがさ、先週、ふと気になってさ。インターペディアにアクセスしてみたんだよ、一年ぶりに。

え？　一年間、放置していたのかって？

だって、特に問題もなかったし。それに、あたし、そういうの、あんまし気にしないほうだからさ。

じゃ、なぜ、一年ぶりにインターペディアを見てみる気になったのかって？

だから、ふと気になったからだよ。

というのも。

インターペディアに書かれていたデタラメが、現実になったから、ちょっと気になってさ。

あ、パソコン、あります？

ちょっと、悪いんだけど、〝インターペディア〟で『日高定子』って、検索してくれる？

ああ、そう、そう、それ、それ。

ちょっと、読んでみてくれます？

日高定子

日高定子（ひだか　さだこ、１９９４年―）は、日本の女性、高田馬場の風俗店勤務。埼玉県所沢市生まれ。

店では黒い下着を好んで着ることから「ブラック・ダリア」と呼ばれる。が、２０１７年にトラブルを起こし、クビになる――

あ、そこで、ストップ。

『ブラック・ダリア』と呼ばれる……というのはホント。

店のオーナーさんが、そう呼んでて。

でも、「黒い下着を好んで着ることから……」というのは、ちょっと違うんだよね。別にあたしが好きなわけじゃなくて。オーナーに言われて、黒い下着をつけているだけ。なんかよく知らないけど、

「おまえは典型的な昭和顔だから。黙っていれば、ミステリアスな女に見える。だから、下着は黒。そして仕事中は極力しゃべるな」

……って言うからさ。その通りにしていたってわけ。

頑張ったよ。あたし、ほんとうに頑張った。オーナーの言う事は何でも聞いてさ。店の売り上げに貢献してきた。でも、トラブってさ、クビになっちゃったんだよね。

で、「あれ？」って思ったの。

インターペディアに書かれていた通りになった……って。

それで、一年ぶりに、インターペディアにアクセスしてみたってわけ。
そしたらさ。

〝ラブ〟という名のウサギを飼っていたが行方不明となり、その後、死体で発見される。

っていう文章が追加されていてさ！
この文の通り、あたし、ウサギを飼っているんだけど。そう、名前はラブ。女の子。
とっても可愛《かわい》いんだ！ あたしの宝物。
だから、めちゃ気になってさ！ ラブちゃんにもしものことがあったらって！
え？ ラブちゃんはどうしているのかって？
いまんところ、無事だけど。
でも、気持ち悪くないっすか？
これってどういうことだと思う？
ね、聞いてます？ ねったら！ 聞いてます？

+

「聞いてますよ！」

自分の声に驚いて、光子はぶるっと体を震わせた。

………。

えっと、ここはどこだっけ？

見ると、ノートパソコンのディスプレイの淡い光。

ああ、ここは、高田馬場の事務所。

いつの間にか、うたた寝していたようだ。

時計を見ると。

「え、二十二時？　うそ、もうこんな時間⁈」

見渡せば、事務所には誰もいない。

もっとも、今日はお休みだが。

そう、盆休み。こんな弱小の事務所でも、世間並みに休みは設けている。いや、弱小だからこそ休みをしっかりと設定しないと、人が定着しないのだ。だから、残業もなるべくさせないようにしている。

「私の時代なんて、〝二十四時間働けますか？〟が合言葉だったのにね」

光子は、やおら体を伸ばした。が、両手を上に伸ばそうとしたとき肩がひりひりと悲鳴をあげたので、とっさに元に戻す。

ここに、調査員の根元沙織がいたら、「四十……いや、五十肩ですか？」と嫌味の一つでも飛んできたことだろう。いや、彼女にしてみれば嫌味でもなんでもない。思ったことをそのまま口にしてしまうだけで、まさに今時の子なのだ。注意しようとは思うのだが、仕事はできるので、そのままにしてある。

ああ、本当に〝イマドキ〟の子を扱うのは難しい。先日も、人間関係のいざこざで、アルバイトスタッフが辞めた。はじめはできる子だと期待していたが、これがとんでもないトラブルメーカーで……。

ああ、ほんとうに〝イマドキ〟の子は！　私たちの時代とはまったく違う。ジェネレーションギャップなどという簡単な言葉だけでは片付けられない！　今日だって、こんなに仕事がたまっているのに！　私の若い頃なら、若い人が率先して休みを返上し、仕事を片付けたものだ。でも、今の時代は、違う。私のような年配者が休みを返上して、こうやって仕事をしなくてはならない。

「まったく！」

光子は、わざと声を上げた。

普段だったら、まずできないことだ。少しでも声を荒らげたとたん、〝パワハラ〟認定されてしまう。だから、いつでもどこでも、感情をぐっと抑えて、笑顔を絶やさず。

…………。

うううううんーーっ。

ストレスたまりまくり！　爆発しそう！

……よし、今日ぐらいは、積もり積もった淀《よど》みを吐き出してしまおう。

「まったく、どいつもこいつも‼」

光子は、発声練習している劇団員のように、腹の底から声を出した。

自分の声があちこちの壁にぶつかって、跳ね返ってくる。

……そうか。今日は、このビルじたい、人がいないのだ。だから、こんなに声が響くのかもしれない。

いつもなら、こんな時間でもどこからともなく、いろんなノイズが聞こえてくる。

空調のにぶい音、プリンターの唸《うな》る音、換気扇の慌《あわ》ただしい音。古いビルだ。遮音にはそれほど金をかけていないらしく、上下左右の部屋から、人の声が聞こえて来ることもある。

それらが煩《うるさ》いと日々愚痴っていたが、それらがまったくなくなるとなれば、今度はなにか薄気味悪い。

「……まったく、どいつもこいつも」

今度はそう静かに呟《つぶや》きながら、光子は、ノートパソコンの適当なキーを押した。ディスプレイのスクリーンセーバーが解除され、それまで閲覧していたサイトが表示される。

インターペディアだ。項目は、『日高定子』。

二十三歳の日高定子がこの事務所にやってきたのは、昨日のことだ。

盆休み前の金曜日の午後。事務所はどこか浮き立っていて、調査員もアルバイトも心ここに在らず状態。根元沙織などは、〝遠征〟にでもいくのか大きなリュックを持ち込んで、時計をしきりに気にしている始末。……まったく、あの子のＫ―ＰＯＰ好きには呆《あき》れるばかりだ。ちょっとでも休暇ができると、すぐに韓国に行ってしまう。やれやれだ。

そんなとき飛び込んできたのが、日高定子だった。

が、その相談内容は、あまりに馬鹿馬鹿《ばかばか》しいものだった。だから、

「万が一、ウサギのラブちゃんが行方不明になったら、またご相談ください」

とだけ言って、体《てい》よく追い出したが。なにしろ、昨日は相談が立て込んでいた。しかも、大きな依頼も抱えていて、なのに、調査員もアルバイトも翌日から長期の盆休み。訳のわからない相談に付き合っている暇はなかった。

が、あれから一日経《た》って、ふと気になったのだ。

＋

そのきっかけは、やり残した仕事が心配で、このビルに休日出勤したときだった。今朝のことだ。

いつもなら、表玄関を利用するのだが、今は全国的に盆休み。表玄関は施錠《せじょう》されていて、裏口からしか入れない。裏口に回ると、年老いた管理人の姿が見えた。

……ああ、〝タイガ〟さんだ。といっても、光子が勝手につけたあだ名だが。漫画『愛と誠』に出てくる太賀誠のように、額に割と目立つ傷がある。それで、こっそりと〝タイガ〟さんと呼んでいる。

その〝タイガ〟さんが、汗だくでなにか作業をしている。

「どうしたんですか？」

入館証を示しながら訊くと、

「イタズラですよ、タチの悪いイタズラ」

と、〝タイガ〟さんがあからさまに表情を歪《ゆが》めた。その手には、半透明のゴミ袋。

うん？　なにが入っているのだろう？　と目を凝らした瞬間、光子の口から、

「ぐはっ」という、奇声が漏れた。

死骸《しがい》だ。なにかの死骸。

「……なんですか、それ」

恐る恐る訊くと、

「ウサギですよ。たぶん、ペットのウサギ」

「ウサギ？」

「かわいそうに。全身滅多斬《ぎ》りにされていました。いったい、誰が、そんなことを
……」

「カラスとか？」

「いや、カラスじゃないと思いますよ。素人目《しろうとめ》にも分かります。ナイフとか包丁とか

……とにかく鋭利ななにかで切り刻まれていました」

「それ、……どうするんですか？」

「それなんですよ。どうしたらいいんでしょう？　こういうときって、どこに連絡すれば？」

「器物損壊罪に問われる可能性があります。または、動物愛護法にひっかかります。いずれにしても、警察に」

「そうですか、やっぱり、警察ですか。……ああ、いやんなっちゃうな。仕事がたくさんたまっているのに、警察沙汰《ざた》だなんてね……ああ、無視すればよかったかな……」

「無視？」

「ええ。実は、この死骸、隣のビルの敷地内で見つけたんですよ。だから、本来は、隣のビルの管轄《かんかつ》なんですがね。でも、お隣さん、いったい誰が管理してんだか、無法地帯でしてね。このまま放っておくと、それこそカラスの餌食《えじき》になると思って、つい、片付けてしまったんですが。……まったく、隣のビルのことなのに」

隣の……ビル？

光子は、視線をぎこちなく巡らせた。

今まで、その存在を無視してきたところがある。なぜなら、雰囲気があまりにいかがわしいからだ。

「前は、こんなじゃなかったのに」

光子がこの場所に事務所を構えた頃は、普通のビルだった。何とかっていう出版社の自社ビルで、いかにも堅気という雰囲気で、清潔感も漂っていた。が、十年ほど前に、突然、空きビルになった。どうやら経営者が夜逃げしたらしい。ある日、光子が出勤すると、人だかりができていた。債権者たちの群れだった。

そのあといったい誰の手に渡ったのか、次々と怪しい店やら会社やら事務所やらが入っては出て行くの繰り返し。ビルに出入りする連中もいかにもな感じで、目を合わせる気にもなれなかった。そういえば、いつだったか、パトカーが止まっていたこともあった。どうやら、ビル内で事件があったらしい。あとで聞いた話だが、ビルの一室で違法賭博《とばく》が行われていて、摘発されたのだとか。

「数年前、あの店が入ってきてからは、さらに変なことばかりですよ」

〝タイガ〟さんは言った。

「あの店？」

「ええ、あの店」

〝タイガ〟さんが顎《あご》をしゃくる。その方向を見ると、ぎらぎらとした看板が目に入った。そのあまりの卑猥《ひわい》さに、とっさに目を背ける。

「カストリパブですって」

〝タイガ〟さんが、あきれたように言う。

「カストリパブ？」

「カストリって、ご存知ですか？」

「いえ」

「昔、カストリ雑誌というのがありましてね。終戦直後に流行った娯楽雑誌の総称なんですが。娯楽といっても、その中身はエロとグロ。今のネットに溢《あふ》れているエログロが可愛くみえるほど、悪趣味で低俗で粗悪な雑誌が大量に発売されたんです」

「へー、そんな雑誌が」

「そのカストリ雑誌をコンセプトに、昭和のエログロを売りにしているのがカストリパブ。……まあ、簡単にいえば、コスプレ風俗店ですな」

「コスプレ風俗店……」

「その店ができてから、ますますあのビルは荒れてしまいましてね。ビルだけじゃなくて、この周辺も、雰囲気ががらりと悪くなった――」

〝タイガ〟さんは、言葉を止めるとその視線を遠くに飛ばした。そして、ため息混じりで続けた。

「昔は、この辺はこんな感じじゃなかったのに。わたしが小さい頃は、のどかで静かで上品な町だった」

「この辺には、昔から？」

「ええ、生まれも育ちも、ここ。わたしの地元なんですよ」

「ああ……そうなんですか」

「あなたは、どちら？」

「え？」

「ご出身は？」

なんでそんな個人情報を答えなくてはならないのか？　とも思ったが、まあ、相手はビルの管理人だ。無下に扱うことはできない。それに、「この辺には、昔から？」と、先に個人情報を訊いたのは自分のほうだ。相手はそれにちゃんと答えたのだ、自分も答えるべきだろう。

「九州です。九州は鹿児島」

「へー、鹿児島！　西郷隆盛《さいごうたかもり》ですね！」

「ええ、……まあ」

だから、出身地を答えるのがいやだったのだ。その地名を言うと、必ず西郷隆盛とくる。事実、地元でも一番のヒーローだが、自分はどちらかというと大久保利通《おおくぼとしみち》派だ。

「ご両親は？」

〝タイガ〟さんは、次の質問を繰り出した。いやいや、それはフェアじゃない。お互い出身地を答えてそれで終わりでいいじゃないか。……でも、なぜだろう、その額の傷を見ていると答えないといけないような気分になり、

「両親は、亡《な》くなりました。父が十五年前、母が十年前」

「そうでしたか。……ご兄弟は？」

質問が、終わらない。

「……ああ、それは。……ちょっと複雑なもんで」

「では、あなたが東京に出てこられたのは、なぜ？」

「大学が東京だったもんで」光子は、そんな必要もないのに、律儀《りちぎ》に答えていった。

しかも、

「弁護士を目指していたんです」と、訊かれていないことまで。こうなると、止まらない。「……で、弁護士事務所で調査員をしながら、司法試験に挑戦していたんです

が、三十歳の誕生日を迎えたとき、弁護士の夢は諦《あきら》めました。そして、こうも思ったんです。弁護士にならなくても、人のために働くことはできる。それで、調査事務所を開くことにしたんです。……この地を選んだのは、司法試験に挑戦中に通っていた予備校がこの近くで。それで、なんとなく馴染《なじ》みがあって――」

ここまで言って、光子は我に返った。なんだって、自ら個人情報をべらべらと。

光子の戸惑いに気がついたのか、〝タイガ〟さんは、額を掻《か》いた。

「それにしても、問題は、これですよ」

そして、半透明のゴミ袋を掲げた。

「このウサギ、どうしましょう？」

〝ラブ〟という名のウサギを飼っていたが行方不明となり、その後、死体で発見される。

光子の脳裏に、この一文がフラッシュバックしたのはいうまでもなかった。

それは、もちろん、ただの偶然だろう。でも、商売柄、気になったことをそのままにしておくことはできない。

事務所につくと、本来の仕事は後回しに、保留中の書類箱から相談申し込み書を探した。

昨日、『日高定子』という名の依頼人が書いた申し込み書だ。

「あった、これだ」

受話器をとると、申し込み書に書き込まれた連絡先の番号をプッシュ……が、すぐに留守番電話サービスに転送されてしまった。

「わたくし、ミツコ調査事務所の山之内光子です。……お飼いになっているウサギのことでお電話差し上げました。……ウサギのラブちゃんは、お元気ですか?」

そう、メッセージを残すと、次にパソコンを立ち上げ、インターペディアにアクセス。そして、『日高定子』と入力し、検索。

日高定子

日高定子（ひだか　さだこ、1994年—）は、日本の女性、高田馬場の風俗店勤務。埼玉県所沢市生まれ。店では黒い下着を好んで着ることから「ブラック・ダリア」と呼ばれる。が、2017年にトラブルを起こし、クビになる。

〝ラブ〟という名のウサギを飼っていたが行方不明となり、その後、死体で発見される。

発見場所は、かつての職場であった風俗店のビルの裏。

え？

光子の背筋に、冷たいものが走る。

『発見場所は、かつての職場であった風俗店のビルの裏。』

こんな一文、昨日はあっただろうか？

いや、なかった。

間違いない、これはこの一日で追加されたものだ。

「どういうこと？」

胸の鼓動が速くなる。いやな事件にぶちあたったときの合図だ。

「これは、もしかして、想像以上にやっかいな事件かもしれない」

呼吸を整えながら、［履歴表示］のタブをクリックしてみる。

インターペディアの記事は、原則、誰でも編集することができる。そしてその編集履歴もすべて記録され、誰がいつ、どんな編集をしたのかがそのまま公開されるというわけだ。もっとも、〝誰が〟といっても、その名前はユーザー名かまたはＩＰアドレスで記されるので、その人物を特定するのは困難であるが。それでも、ＩＰアドレスならば、ある程度、絞り込むことはできるのだが。

「……ユーザー名か」

光子は、舌打ちした。

ディスプレイに表示されたのは、すべてユーザー名だった。これでは誰が編集しているのかは皆目見当がつかない。

が、ひとつだけ分かったことがある。それは、この記事を執筆したのも、そして編集しているのも、すべて『エリザベス・ショート』というユーザー名の人物だということだ。

そして、はっきりしたことが、もうひとつ。

『発見場所は、かつての職場であった風俗店のビルの裏。』

という一文は、昨日の二十三時十六分に追加されている……という点だ。

「昨日の二十三時十六分に記事が加筆されて、そして今朝、隣のビルの裏でウサギの死骸が発見された……」

光子の鼓動がふたたび、速くなる。

「まさか、あのウサギは……？」

鼓動がますます速くなる。

「っていうか。『エリザベス・ショート』？」

エリザベス・ショート。……どこかで、聞いたことがあるような。

光子は、早速、その名前を検索してみた。

エリザベス・ショート
エリザベス・ショート（１９２４年―１９４７年）は、『ブラック・ダリア』という通称を持つ女優志願のホステスで、１９４７年１月15日、ロサンゼルスのLeimert Parkで、死体で発見される。
顔は切り裂かれ、体は胴の部分で２つに切断されるという惨殺《ざんさつ》死体だった。犯人につながる証拠は発見されなかったため、迷宮入り。現在も未解決である。

「ああ、エリザベス・ショート！」

光子は、声を上げた。

どこかで聞いたことがあるような気がしたのだ。

そうか、ブラック・ダリア事件の被害者。ゾディアック事件と並ぶ、アメリカの有名な未解決殺人事件だ。確か、小説や映画にもなっていたはずだ。

……って、なんで、そんな被害者の名前をユーザー名に？

「やっぱり、これはただのイタズラ？」

イタズラにしても、悪質だ。有名な未解決事件の被害者の名前をユーザー名にして、こんな記事を投稿するなんて。

ユーザー名といえば。

日高定子の源氏名は『ブラック・ダリア』じゃなかった？　ブラック・ダリア。これは、エリザベス・ショートの通称でもある。

「なるほど！」

光子は、軽快に膝《ひざ》を打った。

「つまり、これは、自作自演ってことね！」

そして、引き出しの中から裏紙を引っ張り出すと、〝自作自演〟とペンを走らせた。

そう、日高定子自身がインターペディアに自分の記事を作成して、そして編集している。

インターペディアは、原則、売名目的で記事を作成することを禁じている。つまり、自分で自分の記事を作成してはいけないのだ。とはいっても、明らかに売名行為だと思われる記事も多く見受けられるが。「誰？　それ？」と思われるような人物の名前は多く、そのほとんどが、自分自身で作成、編集している目立ちたがり屋だ。

きっと、日高定子も、そんな目立ちたがり屋の一人なのだろう。

だとしたら、なぜ、うちに相談しに？

それも、自作自演のひとつだろう。自分以外の誰かの犯行だということを印象付けるために。

「あーあ、馬鹿馬鹿しい」

と思ったとたん強烈な眠気がやってきて、光子はデスクに突っ伏した。

＋

そして、今、光子はようやく目覚めたところだった。パソコンのディスプレイには、インターペディア。『日高定子』のページが表示されている。なんとなく気になり、更新ボタンを押してみると――

「え？」

記事が、追加された。

『8月13日未明、日高定子は惨殺死体で発見される。』

「やだ、なにこれ？」

八月十三日の未明って。

光子は、パソコンの日時表示に恐る恐る視線を移した。

8月12日　22：04。

「え、つまり、明日の未明ってこと？」

未明とは、一般的に「○時から三時頃」までを指す。

光子は、もう一度、日時表示を凝視した。

8月12日　22：04。

つまり、インターペディアによれば、あと数時間後に、日高定子が惨殺死体で発見される……ということだ。

「ちょっと、いやだ、どういうこと？」

鼓動が、再び速くなる。

「落ち着くのよ、落ち着くの。これは、自作自演なんだから」「……でも、自作自演だとして、なんでこんな悪趣味なことを？」「今の若い子は、こういうことが好きなのよ。あの手この手で、自分をアピールしたがるのよ。自分のブログにあえて炎上しそうなことを投稿したりね」

などと、自問自答してみるが、鼓動が鎮《しず》まることはなかった。それどころか、ますます速くなる。

これは、第六感でもあった。しゃれにならないぐらいヤバい事件にぶち当たったときは、心臓が破裂するぐらい鼓動が速くなる。

「とにかく、落ち着くのよ」「うん、そうね。冷静に物事を見極めなくちゃ」「そうよ、まずは、現実をよく観察しなくちゃ」「そうよ、観察、観察、それが重要」「でも、なにを観察すれば？」「インターペディアの［履歴表示］をもう一度確認したら？」「でも、どうせ、なんの手がかりも摑《つか》めないわよ」「そんなことはないわよ、もしかしたら、なにか摑めるかも……」

と、自問自答を繰り返しながら［履歴表示］のタブをクリックすると。

「あー！」

光子は、思わず、声を上げた。

『8月13日未明、日高定子は惨殺死体で発見される。』

という一文を追加した人物のIPアドレスが表示されている！

IPアドレスとは、パソコンやスマートフォンなどに割り当てられた数字で、インターネット上での住所のようなものだ。

インターペディアでは、通常、記事を作成・編集するときは、ユーザー名を登録することになっている。が、それを省くと、IPアドレスがそのまま表示されてしまうのだ。

「つまり、今回は、『エリザベス・ショート』以外の人物が、編集したということね」

「いや、待って。もしかしたら、『エリザベス・ショート』本人かもしれない。いつもとは違うパソコンまたはスマホで編集したとも考えられる」「なるほど。いつもとは違う環境下で編集したから、今回はIPアドレスが表示されてしまったというわけね」「もちろん、別人という可能性もある。そうなると、話が複雑になるけど」「いずれにしても、まずはそのIPアドレスを検索してみましょう。そうすれば、ある程度、場所が絞れるわ」

……と、IPアドレス検索サイトを立ち上げたところで、固定電話のベルが鳴り響いた。

＋

受話器をとると、

「あたし、惨殺されちゃうの？」

という鼻声。

日高定子だった。

「もしかして、インターペディア、見ちゃいました？」

光子は、あえて軽いノリで返した。

「うん、たった今。……八月十三日未明に、『日高定子』が惨殺死体で発見されるって。っていうか、〝未明〟っていつ？」

「未明というのは――」〇時から三時頃のことだが、光子は言葉を飲み込んだ。

日高定子は、〝未明〟という言葉を知らない様子だった。知らないふりをしている感じもない。……ということは、日高定子の自作自演の線は薄いかもしれない。光子は、裏紙にメモした〝自作自演〟という文字に抹消線を引いた。

「ところで、今、どこにいるんですか？」

「じぶんち」

「ご自宅ってことですね」

光子は、手元の相談申し込み書に視線を落とした。……が、住所の記載はない。

「ご自宅は、どこなんですか？」

「中野区。沼袋駅の近く」

「沼袋駅というと、……西武新宿線ですね」

「うん。大きな公園の近く」

「大きな公園――」

「えーと。そうそう、平和の森公園。中野刑務所があった場所」

「刑務所があったんですか？」

「知りません？　……昔の話ですけどね。大杉栄《さかえ》とか小林多喜二とか、主に思想犯が投獄されていた刑務所」

「小林多喜二って――」

「そう、『蟹《かに》工船』の人ですよ！」

「あら」意外だ。『蟹工船』を知っているなんて。そんなプロレタリア文学には無縁に見えたのに。

「……ああ、先輩に教えてもらったんすよ！」

「先輩に……？」

「そんなことより、あたし、惨殺されちゃうの？」

「これはただのイタズラだと思いますよ」

「でも、ラブちゃんもいなくなったんだよ？」

「え？　ウサギのラブちゃん？」

光子の脳裏に、半透明のゴミ袋がよぎる。光子は、受話器を握りしめた。

「ラブちゃんがいなくなったのは、いつ？」

「昨日の夜。家に帰ったら、ラブちゃんの姿がなくて。それで、ずっと探してたんだ」

「昨日の夜――」

「まさか、ラブちゃん、殺された？」

日高定子の声が、激しく震えだす。

「もしかして、ラブちゃん、……殺されたの？　あの記事の通りに」

「大丈夫ですよ、ラブちゃん、見つかりますよ」

我ながら、無責任な物言いだと光子は思った。だからといって、今朝、隣のビルの敷地でウサギの死骸が見つかったことなど、言えるはずもない。

いや、待って。あの死骸がラブちゃんだったとして、なんで、隣のビルの敷地に？

「あたし、もしかして、心当たりあるかも」

日高定子が、唐突に言った。

「あいつの仕業かもしれない」

「あいつって？」

「あたし、客とトラブルを起こしたことがあるんだよね」

「客と、トラブル？」

「そ。その客の仕業かもしんない」

「どういうことです？」

「その客、元々はあたしの常連さんだったんだけど、なんか、どんどん馴れ馴れしくなってきてさ。ストーカーみたいなことまでしだしてさ。だから、お仕置きしてやったの」

「お仕置きして？」

「お仕置きしてっていっても、おでこめがけて……ちょっとね。漫才のツッコミがやるようなノリ。なのに、あのじじぃ、『警察沙汰にしてやる！』って騒ぎ出してさ。警察沙汰にしたいのは、こっちのほうだよ。なのに、オーナーはあたしのことを守ってくれなくて。なんでも、そのじじぃとは昔馴染みだとかで、仲いいんだ。……ああ、絶対、あのじじぃの仕業だ。インターペディアにあたしの記事を載せたのも、あいつだ。変なことを書いて、あたしを怖がらせようとしたんだ」

「そのお客さんは、どんな人なんですか？」

「六十半ばのじじぃで、じじぃのくせに精力だけはあって、禁止されているのに、本番やらせろって、そればっか。……エロじじぃだよ」

受話器を片手に、光子は、中断していたＩＰアドレスの検索を再開した。

そして、表示されたドメイン名は、見慣れた名前だった。

「え？　これって。このビルを管理する会社のドメイン名だ。……つまり、このビルのネットワークから発信されているってこと？」

光子の口から、驚きの声が漏れる。

「え？　どうしたんすか？」

日高定子の呼びかけに、

「あの。……あなたの勤め先って、どこだったんですか？」と光子は、質問で返した。

「あれ？　言ってなかった？　おたくの事務所が入っているビルの隣」

「隣の……ビル？」

「そ。『エログロ』っていうお店」

「エログロ？　カストリパブの？」

「そ。昭和のエログロがコンセプトで、そのせいか、客もじじぃばっか。パブっていうより、もはや、介護施設」

「あの店で働いていたんですか。……初耳です」

「えー、そうだっけ？　あたし、ちゃんと言った気がするんだけど。……だから、おたくの事務所に相談しに行ったんだよ。お隣だからさ」

「そうだったんですか？」

「それに、先輩も行けっていうから」

「先輩って？」

「インターペディアにあたしのことが載っているって教えてくれた人」

「……ああ、そうなんですか」

光子は裏紙を引き寄せると、目にも止まらない速さで、ボールペンを走らせた。

整理すると。

〝日高定子〞〝源氏名はブラック・ダリア〞〝隣のビルに入っている風俗店カストリパブ・エログロで勤務していた〞〝客にストーキングされる〞〝その客が、犯人か？〞〝客のおでこに傷〞

「おでこに傷？」

ペンが止まる。

「なに？　なんか、言った？」

受話器の向こう側、日高定子の怯《おび》えた声。

「日高さん、質問があります」

「なに？」

「あなたにストーキングしていたというその客。その人、お仕事は？」

「えーっと。よく、わかんない。あ、でも、近くに住んでいるみたいだった」

「近くって、お店の近く？」

「うん。……そんなことより、あたし、どうしたらいい？　あたし、殺されちゃうの？」

「大丈夫です。安心してください。これは、ただのイタズラですから。あなたも先ほどおっしゃったように、怖がらせるのが目的の、ただのイタズラですから」

「警察に行ったほうがいいっすかね？」

「そうですね。イタズラだとしても、これほど悪質だと、なんらかの罪になります。……でも、もうしばらくお待ちください。警察に通報する前に、証拠をきっちり固めておいたほうがいいでしょう」

「証拠？」

「今、私のほうで、犯人に接触してみますから」

「え？　犯人に接触？　どうやって？」

「いい方法を思いつきました。なので、もうしばらくお待ちください。自宅で待機していてください」

「でも、怖いよ」

「大丈夫です。自宅にいてください。そこにいれば、安全です」

「本当に？」

＋

パソコンのディスプレイには、インターペディア。〝日高定子〟の項目が表示されている。

「よし、犯人をおびき出してやる」

光子はパソコンのマウスを握りしめると、［編集］のタブをクリックした。

光子の考えはこうだった。

犯人は、このビル内にいる。そして、このビルの回線を使ってインターペディアにアクセスしている。それは、ＩＰアドレスが教えてくれた。

だとしたら、この記事を読んだら、この部屋に現れるに違いない。

光子は、

『8月13日未明、日高定子は惨殺死体で発見される。』

という一文を削除した。

履歴表示のページを確認してみると、削除した履歴が、ＩＰアドレスとともに記録された。

「ふう……」

光子は、確信を深めた。

犯人は、このビルの中にいる。……そして、犯人は、あ、あの人だ。

光子は、引き続き、［編集］のタブをクリックした。

さあ、今度は、あの人をここにおびき寄せる餌《えさ》をまくことにしよう。

『8月12日深夜、日高定子は新宿区高田馬場の「ミツコ調査事務所」を訪れる。』

＋

「やっぱり、あなただったんですね」

光子は、事務所を訪れたその男を睨《にら》み付けた。このビルの管理人、〃タイガ〃さんだ。もっとも、〃タイガ〃というのは光子が勝手につけたあだ名で、本名は知らない。

「なんのことです？」

が、〃タイガ〃さんはとぼけるばかり。

「あなたが、この事務所に来たということが証拠です」

「だから、なんです？」

「あなた、日高定子をご存知ですよね？」

〃タイガ〃さんの顔色が変わった。もう隠しきれないとばかりに、崩れ落ちるように近くにあった椅子《いす》に腰を落とした。

「……どうして？」

「あなた、日高定子をご存知ですよね？」

光子は、繰り返した。

すると、〝タイガ〟さんは、お白州の上の罪人のように、「あああ」と、デスクに突っ伏した。「……ええ、そうです。日高定子は、わたしの孫です」

「ま……孫?!」

孫？　思いもよらない言葉に、今度は光子が動揺を見せた。おろおろと落ち着かない光子を尻目《しりめ》に、〝タイガ〟さんは続けた。

「はい。あの子は、正真正銘、わたしの孫です。……といっても、あの子は、わたしが父方の祖父だということには気がついてませんがね。……しかたありません。あの子が小学校に上がる前に、両親は離婚、あの子は母親に引き取られたので、それっきり、縁が切れてしまったんです。でも、わたしは忘れたことはなかった。わたしにとっては、たった一人の孫ですからね。そうそう、〝定子〟という名前だって、わたしがつけたんですよ。〝藤原定子〟からとったんです。藤原定子、もちろんご存知ですよね？」

「清少納言《せいしょうなごん》が仕えていた――」

「そう、中宮定子こと、藤原定子。わたし、こう見えて、古典文学が好きでしてね。

初孫が生まれたら、〝定子〟と名付けようと、ずっと考えていたんです。……だから、わたしはすぐに分かりましたよ。あの子が孫だ……っていうことは」

あまりに予想外の展開に瞬《まばた》きを繰り返す光子をよそに、〝タイガ〟さんは滔々《とうとう》と言葉を紡《つむ》ぎ出していく。

「あの子を見かけたときは、本当に衝撃でした。だって、見かけたのはカストリパブ『エログロ』ですよ？　あの子の母親が水商売しているとは聞いていましたが、まさかあの子まで、そんな商売に手を染めるなんて。だから、わたしは、なんとか足を洗わせようと、客を装《よそお》って、あの子に近づいたんです。で、なるべく嫌な客を演じて、あの子が店を辞めるように仕向けたんです」

「……それで、インターペディアにあんなことを？」

光子は、ようやく、言葉を挟んだ。

「インターペディア？　なんです、それ」

「とぼけないでください。私が追加した記事を見て、ここに来たんでしょう？」

「わたしがここに来たのは、戸締り点検のためですよ。日課のひとつです」

「だから、とぼけないでください！　あなた、今日、このビルでインターペディアの記事を更新したでしょう？」

「おっしゃっている意味が、まったくわからないんですが。……年寄りのわたしにもわかるように、話してくれます？」

「まだ、とぼけるつもりですか？」

光子は、法廷で冒頭陳述を読み上げる検察官のごとく、ことの顚末《てんまつ》を語って聞かせた。

「なるほど。……そんなことが」

〃タイガ〃さんが、ゆっくりと腕を組む。

「インターペディアとやらに記事を投稿したのは、もしかして、〃先輩〃かもしれません」

「先輩？」

「はい。カストリパブ『エログロ』で、定子と一緒に働いていた〃先輩〃ですよ。あなたもよくご存知の女性です」

「……私が知っている……女性？」

「実は、わたし、先ほど非常階段のところで、彼女を見たような気がするんですよ。はじめは気のせいか？　とも思ったんですが――」

「彼女って？」

「だから、あなたの事務所で働いている子ですよ」

「うちの事務所で働いている子？」

「知らなかったんですか？　彼女、隣のカストリパブでアルバイトしていたんです。『ブラック・ダリア』っていう源氏名で。『ブラック・ダリア』というのは、あの店のオーナーに気に入られた子にだけ与えられる名前でね。それで、その名前をめぐって、女の子たちの間でたびたび、諍《いさか》いが起こるんです。定子もその〝先輩〟と確執があったんじゃないかな……と。女の嫉妬《しっと》は怖いと言いますから」

「確執……嫉妬……」

「とにかく、わたしはこれで失礼しますよ。他にも点検しなくちゃいけないことがありますから。……では」

＋

いったい、どういうこと？

光子は、混乱の極みの中、パソコンのマウスを握りしめた。とりあえず、先ほどインターペディアに投稿した文章を、取り消さないと。

「ふはぁ?!」

光子は、発情期の鶴《つる》のような声を上げた。

『8月12日深夜、日高定子は新宿区高田馬場の「ミツコ調査事務所」を訪れる。』

という文章のあとが、次のような文章に変更されていたからだ。

『8月13日未明、日高定子は、「ミツコ調査事務所」内の書庫から、惨殺死体で発見される。』

「どういうこと？……書庫？」

恐る恐る、応接間のほうに視線を向ける。あの応接間のさらに向こう側に、書庫がある。書庫といってもスタッフのたまり場で、管理はスタッフに任せている。

……その書庫に、惨殺死体が？

「……落ち着くのよ、落ち着くの。これは、ただのイタズラなんだから」「そうよね、ただのイタズラよね」「そうよ、書庫には死体なんてないわよ」「うん、分かっている。

でも、一応、念のため……」

と、応接間のドアを開けたとたん、むわーんと鉄の臭《にお》いが這《は》い出してきた。これは、……血の臭いだ。

「気のせいよ、気のせい。きっと、誰かが、書庫でお弁当かなにかを食べて、残飯をそのままにして帰っちゃったのよ」「そうよね、前にもあったわよね、生ゴミをそのままにして帰っちゃって、次の日、事務所中が悪臭で仕事になんなかった」「そうよ。今度もそうよ。今度も生ゴミ――」

と、書庫のドアを開けたとき。

まずは、足が見えた。網タイツを穿《は》いた足。

そして、垂直方向に、バイカラーの幾何学模様の超ミニワンピース。

その奥に、めちゃくちゃに切り刻まれた頭部。

光子は、はじめ、その異様な光景を理解できなかった。が、その数秒後、胴の部分で二つに切断された死体であることを認識、光子の腰は抜けた。

このまま気を失ってもよかったが、調査事務所の所長という自負が、そうさせなかった。

光子は、「冷静に冷静に」と呟きながら、なんとかして、自分のデスクに戻ってきた。

そして、深呼吸すると、

「あの死体は、日高定子で間違いないかしら？」「間違いないと思う。ここに来たときと同じ服装よ」「ということは、殺害されたのは、彼女がこの事務所に来た……一昨日《おととい》ってこと？」「たぶん。そしてみんなが帰ったあとの夜、なにかしらの方法で犯人と日高定子が侵入して、そして犯人は日高定子を殺害、死体を解体して遺棄したんだわ」「でも、私、彼女と電話で話したわよ？　ついさっきの話よ」「だから、それは、犯人のトリックよ。たぶん、日高定子のスマホは犯人が持っていて、犯人が日高定子になりすました」「なりすましたって。そんな簡単にできる？」「できるわよ。だって、私、日高定子とは一度しか会ってないんだもの。その声だって、正確には覚えていない。違う？」「なるほど」「聴き慣れた息子の声だって、聴き分けることができない母親が後を絶たない。だから、オレオレ詐欺《さぎ》はいまだに大繁盛《だいはんじょう》」「確かに。息子の声ですら本人かどうか分からないんだから、一度しか聴いたことがない声に騙《だま》されるのは当然ね」「それっぽい言葉を使えば、なりすますのは簡単」「今思えば、あの電話の相手、日高定子にしては不自然なところがあった。中野刑務所のことを知っていたり、『蟹工船』を知っていたり」「ほら、そうでしょう？　あれは、なりすましだったのよ」

光子は、ここまで自問自答して、もう一度深呼吸した。そして、

「まずは、警察に通報しないとね」「そんなことをしたら、まっさきに疑われるのは私じゃない？」「私はやってない、それは明白」「でも、参考人として引っ張られるのは間違いない。そして、いつのまにか〝参考人〟から〝容疑者〟になって、ついには自白させられるのよ。私がやりました……って。そういうケース、いくつも見てきているでしょう？」「だからといって、このまま死体を隠蔽《いんぺい》するわけにもいかない」「そりゃそうよ、そんなことしたら、それこそ、犯人の思う壺《つぼ》」「犯人の思う壺って？」「だって、そうでしょう？　これは、犯人の罠《わな》なのよ。私に罪を着せるためにね」「なんで、そんなことを？」

デスクには、裏紙に殴り書きしたメモ。

〝日高定子〟〝源氏名はブラック・ダリア〟〝隣のビルに入っている風俗店カストリパブ・エログロで勤務していた〟〝客にストーキングされる〟〝その客が、犯人か？〟〝客のおでこに傷〟

「やっぱり、あの管理人……タイガさんが怪しい。日高定子の祖父だなんて言っていたけど、それも嘘《うそ》かもしれない。そもそも、そんな都合のいい話ってある？」「でも、

さすがにあの人が、日高定子になりすますのは無理」「確かに。あんなおじいちゃんには、無理ね。どんな声色を使っても、二十三歳の女性の声からは程遠い」「そんなことより、気になるのは、日高定子の〝先輩〟だったという女よ。タイガさん曰《いわ》く、さっき、非常階段のところでその〝先輩〟を見かけたって」「じゃ、その〝先輩〟は、このビルに？　そしてインターペディアに記事を書き込んでいた？　……つまり、犯人ってこと？」「その可能性が高いわね。問題は、〝先輩〟は誰か？　ってこと」「この事務所で働いているようなことを言っていたけど……誰のこと？」「よーく思い出すのよ。日高定子がここに来たときのことを。スタッフの中で、なにか変わった様子はなかった？」「……そういえば、根元沙織がしきりに時間を気にしていた。まるで、誰かの到着を待っているような」「根元沙織といえば、その日、大きなリュックを持ち込んでなかった？」

「うん、持ち込んでた！」

光子は、発情期の鶴のような声を上げた。

「……まさか、まさか？」

光子は、すがるようにマウスを握りしめた。そんなことをしても埒《らち》はあかないと分かっていても、なにかしてないと正気を保てない。

「ああああーっ！」

光子は、またまた、発情期の鶴のような声を上げた。

「インターペディアに、新しい記事が投稿されている！」

『8月13日明け方、日高定子殺害容疑により、山之内光子が逮捕される。』

＋

二〇一七年八月十七日。

新宿高田馬場署、留置場面会室。

「山之内光子さん、お久しぶりです」

この日、山之内光子を訪ねてきたのは、本来なら、光子にとってはあまり歓迎したくない人物だった。

池上隆也、その背広の襟には弁護士バッジ。

が、今ともなれば、救世主。光子は、身を乗り出した。

「しかし、状況証拠はあまりに揃《そろ》いすぎている。……あなた、インターペディアに記事を投稿しましたよね？」

「それは確かです。でも、それは犯人をおびき寄せるために――」

「うかつなことをしましたね。裁判では、あの記事が有力な証拠になるでしょう。……山之内光子は日高定子をストーキングし、さらにインターペディアにおいて嫌がらせを繰り返し、挙げ句の果てに殺害し遺体を損壊した……というのが、検察が思い描いているストーリーです」

「そんなの、デタラメです！　私はやってません！」

「だから、……言ったんですよ」池上隆也は、ため息交じりで言った。そして、「住吉隼人」と、呟いた。

光子の顔が、みるみる青褪《あおざ》めていく。

住吉隼人。かつての、依頼者だ。彼の依頼を受け、ある人物を探し当てた。が、そのせいでその人物は死亡した。池上隆也に言わせれば、住吉隼人は生まれながらの犯罪者だ。

「まさか、住吉隼人が？」

「私は、無実です」

「だから、忠告したんですよ。……後ろには、気をつけてください……って」

「じゃ、今回の事件も――」

「僕は、そう考えています。あなた、えらい人物を敵に回した」

「お願いです、どうか、私の弁護、引き受けてください！」

「それは、無理です。今日は、あなたの依頼をお断りしようと、ここまで来たんです」

「池上さん！」

「僕だって命は惜しいし、なにより、家族がいる」

「……池上さん！」

「が、ただお断りするんでは忍びないと思いまして、僕なりにちょっと調べてみたんです。……根元沙織にはお気をつけください」

「え？」

「ですから、あなたの事務所で調査員をしている根元沙織ですよ。彼女、調査員の他に、風俗店でアルバイトをしていました。そこで出会ったのが、日高定子というわけです」

……根元沙織が、日高定子の〝先輩〟？

「根元沙織は、日高定子に並々ならぬ嫉妬心を抱いていたようです。だから、今回、ターゲットになったのかもしれませんね。もしかしたら、なんかしらの理由で、住吉隼人とも繋《つな》がっているのかもしれない」

「そこまでお調べなら、ぜひ、私の弁護人に――」

「それは、無理です。では、これで失礼します」

……と、席を立ったところで、池上弁護士は、再び、腰を落とした。

「ああ、そうでした。これをお見せしておかないと」

と、言いながら、一枚の紙をかざした。それは、インターペディアをプリントアウトしたものだった。

「今朝、記事にこの一文が追加されました。……くれぐれも、お気をつけください」

『8月17日深夜、山之内光子が留置場で首を吊《つ》り自殺しているのが見つかった。』

ラ ス ボ ス

依頼受付日 2017.08.15

「そこまでお調べなら、ぜひ、私の弁護人に――」

「それは、無理です。では、これで失礼します」

……と、席を立ったところで、池上弁護士は、再び、腰を落とした。

「ああ、そうでした。これをお見せしておかないと」

と、言いながら、一枚の紙をかざした。それは、インターペディアをプリントアウトしたものだった。

「今朝、記事にこの一文が追加されました。……くれぐれも、お気をつけください」

『8月17日深夜、山之内光子が留置場で首を吊《つ》り自殺しているのが見つかった。』

＋

「あれから、一年」

池上隆也は、呟《つぶや》いた。

「一年がどうしたの？」

浴衣姿《ゆかたすがた》の妻が、缶ビール片手に籐椅子《とういす》に体を沈めた。

「こんなところまできて、仕事のことを考えているの？」

「いや、違うよ」

隆也は、咄嗟《とっさ》に取り繕った。「一年前も、こうやって花火を見たな……って、思い出していただけだよ」

隆也は、熱海のホテルに来ていた。

この時期、妻とバカンスを楽しむのが恒例になっている。ハワイ、バリ島、シンガポール、プーケット、台湾。それまでは海外に行くことが多かったが、去年は諸事情により、近場で済ませてしまった。……旅行の手配をしてくれていたスタッフが妊娠、突然辞めてしまったのだ。気がつけば、せっかくのバカンスに行くあてがない。これでは妻に大目玉を食らう……と、大急ぎで予約したのが、まさにこのホテルだった。ネットで適当に押さえた部屋だったが、大正解だった。海上花火大会の特等席のようなこの部屋を妻も大いに気に入り、「来年もここに来ましょうよ」とまで言わせた。……よほど気に入ったのか、事務的なことが苦手な妻なのに、去年のうちにこのホテルのこの部屋を予約した程だ。

「あれから、一年か……」

隆也は、妻から渡された缶ビールを弄《もてあそ》びながら、繰り返した。「まさか、本当に自殺してしまうなんて」

「自殺？」妻の目が、ぎろりと光った気がした。「あなた、やっぱり、仕事のことを考えているのね」

「あ、いや……」

「約束したでしょう？　お休みのときは、一切、仕事のことは考えないって。あなた、働きすぎなのよ。このバカンスは、あなたのためなのよ。あなたの体と心を休ませるためのものなのよ。分かっているの？」

「もちろんだよ」

「だったら、仕事のことはやめて。バカンスに集中して」

「分かったよ、分かっているよ。集中しているよ」

隆也は、缶のプルタブを開けると、ビールを口に含んだ。

「ぐはっ」

なんて美味《おい》しいんだ！　夏の夜のビールは、格別だ！

「なにか、おつまみ、持ってくるね」

妻が、おもむろに籐椅子から立ち上がる。そして、バタバタと向こうの部屋に消えていった。

ほっと、肩の力が抜ける。

そして、隆也は、改めて、その言葉を呟いた。

「あれから、一年。……山之内光子が新宿高田馬場署の留置場で首を吊って、一年経《た》つのか――」

呟きながら瞼《まぶた》を閉じると、脳内カレンダーを二〇一七年八月十四日に戻した。

あの日も、こうやって籐椅子に座りながら、一発目の花火が打ち上がるのを待っていたっけ……。

＋

二〇一七年八月十四日、午後六時。

なんとなくつけていたテレビから、聞き覚えのある名前が聞こえてきた。

山之内光子。

「山之内光子？」隆也は、テレビに意識を向けた。「……ああ、あのときの」

山之内光子を知らないでもない。とある事件で、一度、会ったことがある。やたらと強気な女だったことを覚えている。世の中の正義を自分が一人で背負っています……というような、暑苦しさもあった。

あの暑苦しさは、きっと、コンプレックスの裏返しなのだろう。

きっと彼女は、本来なりたかった者になれなかったに違いない。そういう人物は、その代わりに選んだ職業に対して、必要以上のやる気を見せる場合がある。しかも、その職業こそが自身の天職で使命だったのだ……と強く思いこむ。が、その頭の奥では理解もしている。……自分は敗北者だと。そして、日々、その屈辱と劣等感に苛《さいな》まれ、心をこじらせていくのだ。

無論、敗北をちゃんと受け入れて、成功している者はごまんといる。が、そういう者は、大概、まったく違う職種に進んでいる。

一方、敗北した者は。……なりたくてもなれなかったその職業に固執し、ついつい似たような職業を選んでしまい、ついには心をこじらせ、道を誤る。

たとえば、アイドルになりたかったのになれなかったマネージャー。漫画家になりたかったのになれなかった編集者。プロ野球選手になりたかったのになれなかった草野球の監督。売れっ子バンドの一員になりたかったのになれなかった音楽プロデューサー。……これらは、隆也がかつて、担当した犯罪者たちだ。

そして、山之内光子もまた、その類《たぐい》の人間だった。

たぶん、彼女は法曹界を目指して、猛勉強してきたのだろう。彼女の事務所は、まるで法律事務所のそれだった。いや、実際の法律事務所よりも法律事務所っぽい、完《かん》璧《ぺき》な事務所だった。まるで、テレビドラマに使われるセットのような。……ああ、痛い。

ああいうタイプは、暗いルサンチマンを抱いていることがほとんどだ。自身が報われなかったのは世の中のせい。そして、その怒りを、まったく関係ない成功者に向ける。例えば、ネット書店に辛辣《しんらつ》なレビューを書き連ねる小説家志望者、幸せそうなタレントのブログを炎上させる不幸せなアンチ。……きっと、山之内光子も、そんな歪《ゆが》んだルサンチマンをその内に秘めているに違いない。

つくづく、苦手なタイプだ。

できれば、関わらないでおきたい。

できれば、もう会いたくない。

そんな山之内光子が逮捕されたというニュースを見て、隆也は、

「ああ、やっぱり」

と、思った。

「あの手の人間は、やらかしちゃうんだよな」

そう呟いたとき、足下からぞわぞわと重低音がせり上がってきた。

窓を見ると、花火がまさに打ち上げられたところだった。

「あ、花火！」

妻の無邪気な声がした。

「お、きれいだな！」

隆也は、山之内光子の記憶を振り払うようにテレビを消すと、夜空に咲く大輪の花に視点を固定させた。

が、山之内光子の記憶は、すぐに蘇《よみがえ》った。

翌日のことだ。

隆也は、仕事があるからと妻を残して一人、東京行きの新幹線に乗っていた。

ああ、久しぶりの炭水化物。妻と別行動したのはまさにこれのためだ。さあ食べるぞ！……と鯛《たい》めし弁当を膝《ひざ》に載せたとき、事務所で留守番をしていた試用期間中のスタッフから電話が入ったのだった。

二週間前、雇ったばかりのそのスタッフは、探るようにこう言った。

「お休み中、申し訳ないのですが……」

「なに？　どうした？」

「緊急の弁護の依頼なんですが……」

「緊急？　誰から？」

「山之内光子からです」

山之内光子？

マジか。まさか、例の事件か？

膝の上の鯛めし弁当が、ふいに落ちそうになる。隆也は、それが落下するのを全身をつかって阻止した。

「先生？　どうしました？　先生」

「いや、なんでもない」

「そうですか。……で、依頼、どうしましょうか？」

無論、端《はな》から断るつもりだった。

そもそも、名指しされるほど、親しいわけではない。第一、苦手なタイプだ。

弁護士も人間だ。偏見もあれば、好き嫌いもある。

好きな人間ならばとことん弁護もしようが、嫌いな人間ともなれば、熱意もなかなか湧《わ》いてこない。それでも依頼されたら弁護するのが弁護士だと言われるかもしれないが、嫌いな気持ちを隠して弁護するほうが、かえって失礼ではないか？　依頼者だって高い弁護料を支払うのだ、どうせなら、熱心に弁護してくれる相手のほうがいいではないか。

これは、隆也の、一種の誠意でもあった。

新人の頃は苦手な依頼者の弁護も引き受けたものだが、なにをどうしても、熱が入らない。そればかりか嫌悪《けんお》だけが募り、挙げ句、検察側に有利な弁護をしてしまう始末。

もともと、好き嫌いの激しい性格だ。これは、どうしたってなおらない。

だから今までも、本人と面会して馬が合わなそうな人物だったら、その依頼は断ってきた。

山之内光子の弁護も引き受けるわけにはいかない。

とはいえ、無下に断るのも、弁護士という立場上、よろしくない。依頼があれば引き受けるのが弁護士のモラルでもあるし、そう義務づけられてもいる。

一応、ポーズだけでもやる気を見せなければ。

「ああ、じゃ、一応、事件についてさくっと調べておいてくれないかな？　さくっとでいいから、さくっとで。今日の夕方、事務所に顔を出すから、それまでに」

と、試用期間中のスタッフに指示すると、隆也は電話を切った。

そして、落下の危機を免れた鯛めし弁当を改めて膝に載せると、処女の服を脱がせるように優しくゆっくりと、包装紙を解いていった。

＋

「こんなに証拠が揃《そろ》っているのに、無実を主張しているって？」

東京は赤坂の事務所に戻った隆也は、呆《あき》れ顔で、レジュメを捲《めく》った。

試用期間中のスタッフがまとめたレジュメには、事件の概要が綴《つづ》られている。

八月十三日。高田馬場のミツコ調査事務所で、惨殺《ざんさつ》死体が発見される。ビルの管理人の通報で警官が駆けつけると、山之内光子が放心状態でうずくまっていた。声をかけると突然警官の一人を襲い、公務執行妨害で緊急逮捕。

被害者は、日高定子。

カストリパブ『エログロ』という店で働いていたことがある女性だ。ネットで殺害を予言されている……という案件で、ミツコ調査事務所を訪れていた。ちなみに、カストリパブ『エログロ』はミツコ事務所の隣のビルに入っているコスプレ風俗店だ。

「……その後の調べで、山之内光子がインターペディアに日高定子の殺害を予言している証拠がみつかりました。それが決定打となり、日高定子殺害及び死体損壊・遺棄罪の容疑で、再逮捕されています」

要所要所で的確な補足をしてくれるのは、先々週、雇い入れたばかりのスタッフだ。まだ試用期間中ではあるが、なかなかの仕事ぶりだ。たった半日でここまで調べ上げるのは、ベテランでも容易ではない。

「なるほど。ここまで証拠が揃っていながら、無実を主張しているのか」

隆也は、先ほどの言葉を繰り返した。

事件としては、ひどく興味をそそられる。

「山之内光子には、なにか精神的な疾患があるとか？」つい、こんなことを呟いてしまった。

「それは、まだ分かりません」試用期間中のスタッフが、律儀《りちぎ》に答える。「ただ、事件当時の錯乱状態を鑑《かんが》みるに、正常だったとはいえないでしょう」

「なるほど」……ということは、心神喪失で無罪を勝ち取ることはできないでもない。

「心神喪失で、無罪にできる可能性はあります」

試用期間中のスタッフが、隆也の心中を代弁するように言った。

「ただ、そんな形で無罪を勝ち取ったとしても、世間の批判を受けるだけですが」

そう、それが問題なのだ。冤罪《えんざい》事件で無罪を勝ち取ったとなれば弁護士としての名声は一気に高まる。が、心神喪失を盾に無罪を勝ち取ったとしても、悪徳弁護士の烙《らく》印《いん》を押されるだけだ。

いずれにしても、受けない方が賢明だ。

が、なんだろう。レジュメから目が離せない。……なにかが、ひっかかっている。

「この依頼、どうしましょう?」

「うん、とりあえず、保留」

「保留?」

「今夜、一晩じっくり考えて、……結果は本人に直接伝えるよ」

自分でも、どうしてそんな返事をしたのか分からない。

苦手な相手である上に、事件内容も不利な点ばかりが目立つ。

引き受ける可能性などゼロなのに、だからその場で「この依頼は受けることはできない。先方にそう伝えて」と即答することもできた。

が、隆也の口から出たのは、「保留」という言葉だった。

その言葉に導いたのは、間違いなく「好奇心」だった。

ときどき、自分のこの性癖が、たまらなくイヤになる。

この、強すぎる好奇心。

いつか、この好奇心で、身を滅ぼすのではないか……と思うことがある。

それでも、どうしても止められない。

隆也は、目の前の煙草《たばこ》に身悶《みもだ》えする禁煙中のヘビースモーカーのように、レジュメを捲り続けた。

「あなた？」

妻の声がする。

気がつけば、自宅の食卓だった。

もう一泊すればいい……と勧めたのに、一人で熱海にいても仕方がないと、妻は先ほど戻ってきた。戻ったばかりだというのに、妻の顔には疲れはなく、いつものようにマリメッコのエプロン姿で、いつものようにあっというまに夕飯を作り上げてしまった。

夕飯の食器が、所狭しと並んでいる。野菜サラダに野菜のお浸しに野菜たっぷりスープに野菜炒《いた》めに野菜カレー。……いつもの食卓だ。すべて、妻が一から下拵《したごしら》えして料理したものだ。一ミリも残せない。……たとえ、どんなに味気ない代物《しろもの》でも。

隆也は、ふと、昼間に食べた鯛めし弁当の余韻を思い出し、喉《のど》を震わせた。

「どう？　お味は？」

妻に訊《き》かれて、

「うん、美味しいよ。いい味だ」

「そう？　よかった」

言いながら妻は、ミキサーに次々と野菜を放り込んでいく。……食後の野菜スムージーに違いない。

あの、苦いだけの野菜スムージー。隆也は、小さくえずいた。

「そんなことより。あなた、どうしたの？」

「え？」

「自宅に仕事を持ち込むなんて、珍しいな……と思って。なにか、難しい事件？」

「え？　……まあ、難しいといえば、難しいかな」

「でも、ほどほどにね。体にさわるわよ」

「まあ、……そうだね」

隆也は、以前、脳梗塞《のうこうそく》をやっていた。幸運が重なり最悪なことにはならずに済み、半年後には完全復帰できたが、そのとき、妻と約束させられた。

仕事はほどほどに。家には、仕事を持ち込まない……と。

ミキサー越しに、妻がこちらの様子をうかがっている。

「約束でしょう」

妻がそう言っている気がして、隆也は、レジュメを慌《あわ》てて閉じた。そして、「トイレ」と言いながら、すかさず、席を立つ。

「まさか、トイレに仕事を持ち込む気？」

妻が、そんな疑念を無表情でぶつけてくる。

「まさか、違うよ」

隆也は、逃げるようにその場を立ち去った。

「いや、ちょっと待てよ」

レジュメを捲る指が止まる。

「はい？　なんでしょうか？」

ウエイトレスが、こちらを振り返った。

隆也は、駅前の喫茶室にいた。

駅前といっても、最寄りの駅よりひと駅先だ。最寄りの駅前にはドーナツショップかファストフードショップしかなく、時勢を反映してか、どちらも閉店時間が早い。最初、ドーナツショップに入ったが午後八時に追い出され、次に入ったファストフードショップは、午後九時に追い出された。そして、流れ流れて、ようやくこの喫茶室にたどり着いたというわけだった。

世の中の流れにとことん逆らうのが目的といわんばかりの、二十四時間営業、そして全面喫煙オーケー。しかも、コーヒー一杯注文すれば、トーストを何枚でもおかわりできる。いったいそれでどうやって利益を出しているのか謎《なぞ》だが、客の身にしてみれば、天国のような場所だった。

隆也はすでに、四枚のトーストを平らげていた。いくらなんでも、食べ過ぎだ。夕食も済ませてきたというのに。……でも、その夕食は、まるで病院食。完食しても、まったく満腹感も幸福感もない。……いくら、健康にいいからといって、あんな食生活を続けていたら、今度は心がしぼんでいく。

そう。だから、こうやって、ときどきは好きなものを好きなだけ食べないと。メンタルヘルスのためにも！　そう自分に言い訳すると、

「トースト、あと、二枚、お願いします」

と、隆也はウエイトレスに告げた。

すると、三十秒もしないうちに、バターがたっぷりとぬられたトーストが届けられた。

この香り！

それは、糖質と脂質の禁断の香りだった。

ああ、これほど素晴らしく見事な取り合わせが他にあるだろうか！

なのに、ここ数年、妻によって制限させられている。血糖値が高いから……と、特に糖質を目の敵にし、病院食のそれより少ない量しか食べさせてくれない。

が、頭を使う職業には、糖質は欠かせないとも聞いた。事実、妻の言うとおりの食事をしていたら、仕事に身が入らない。良質な仕事をするためにも、やはり糖質は必要なのだ！

隆也はまたしても自分にそう言い訳し、五枚目のトーストにかぶりついた。

……うーん、旨《うま》い！

あまりの旨さに、涙が滲《にじ》む。その涙を払うように、とびきり苦いコーヒーをバキュームのように、吸い込む。

ああー、たまらん！

しばしの、恍惚《こうこつ》。

よし、これで、頭も冴《さ》えてきた。

隆也は、改めてレジュメを開いた。

「……いや、待てよ」

汗ばむ指で、レジュメをさらに捲る。

隆也は、さらにひとつ先の駅まで足を延ばし、駅前のスポーツジムにいた。

二十四時間営業の喫茶室を出たのが十時、が、体にはたっぷり煙草の煙が染《し》み込んでいた。このまま帰ったら、妻にあらぬ疑いをかけられてしまう。そして、ねちねちと責められるのだろう。

「あなた、煙草、吸ったでしょう？」

いやいや、吸ってない。

吸いたくて吸いたくてたまらなかったけれど、我慢したのだ。煙草の煙が充満する場所で我慢することがどれだけの苦痛か、拷問《ごうもん》か。それをさらに責められたらたまらない。

というわけで、隆也は煙草の臭《にお》いを消すために、スポーツジムに行くことを思いついた。ジムで汗をかいてシャワーを浴びれば、煙草の臭いも消えるだろう……というのが、隆也の算段だった。

ジムなら、妻も怒らないだろう。汗をかくことを勧めているぐらいだ。

それに、「あなた、今、どこにいるの？」とメールが何度も入っていた。ちょっと散歩に行ってくると家を出たが、まさか、仕事をするために彷徨《さまよ》っているとも言えない。

「ジムだよ」そう、嘘《うそ》のメールを返したのが二時間前。その嘘を本当にするためでもある。

が、隆也が、筋トレマシーンで汗をかいたのはほんの五分、それ以降はロビーで、レジュメとスマホを前にうんうんと推理を巡らせていた。

我ながら、なんと不毛なことをしているかと思う。断るはずの事件なのに、なぜ、これほどまでに時間を割いているのか。

なぜなら、気になるからだ。なにかがひっかかるからだ。

「うん？」

隆也は、何度も目を通したそのページで、指を止めた。

そこには、ミツコ調査事務所の従業員の名前が記されていた。

根元沙織。

この名前が、やっぱり気になる。……どこかで聞いたことがある。

この人物は……と、スマートフォンを手にしたとき、妻からメールが入った。

「あなた、いい加減、帰ってきたら？　もう、寝るわよ？」

寝るって。まだ十一時にもなってないじゃないか。

それまでは、二時、三時まで仕事をするなんて当たり前だったのに、このところ、十一時過ぎには寝ることを強要されている。

早寝早起き、バランスのいい食事。それが健康の元だというが、隆也にはどうもそうは思えない。むしろ、ストレスになっている気がする。

そう、世の中には、仕事をしているほうがストレス解消になる体質の人間もいるのだ。自分がまさにそうだ。健康的な生活を強いられると、逆にストレスがたまるのだ！

お願いだ、もう少し、仕事をさせてくれ。仕事を！

隆也は、「サウナに入ったら、戻るよ。先に寝てて」とメールを返すと、その指でネットに接続した。

引き続きインターペディアにアクセスすると、「日高定子」と入力し、検索。

隆也は、スマホに顔を近づけた。

「日高定子」は、今回の事件の被害者だ。

一般人であるにもかかわらず、インターペディアに自分のページが作成され、しかも、予言的なことが書き込まれて、それが次々と現実のものとなる。いったいどうしたらいいのか、誰の仕業なのか……という悩みを山之内光子が経営するミツコ調査事務所に相談したところから、この事件ははじまる。

そして日高定子は、インターペディアでの予言通り、八月十三日に、ミツコ調査事務所の書庫で、惨殺死体で見つかった。

単純に考えれば、インターペディアに記事をアップした人物が犯人であろう。

隆也は、改めてインターペディアの履歴表示をチェックしてみた。

インターペディアは、ネット上のオープンな百科事典だ。誰もが記事を作成することができて、誰もがそれを編集することができる。そして、その履歴はその都度記録され、その記録も誰もが閲覧することができる。が、記録といっても、編集した人物のユーザー名が表示されるだけなのだが。だから、人物を特定することは難しい。

が、ユーザー名を設定せずに編集した場合、IPアドレスがそのまま表示される。IPアドレスとは、パソコンなどの通信機器に割り当てられた住所のようなもので、それが分かれば、どこから記事を投稿し、または編集したのかがおおざっぱではあるが、ある程度特定することができる。たとえば、どの企業、どのビル、どの地域から発信されたかまでは、概《おおむ》ね知ることが可能だ。

「なるほど、これか」

隆也は、そのIPアドレスに視線を定めた。ずらずらと並んだユーザー名の中、事件直前の記事だけIPアドレスが表示されている。そのIPアドレスを検索してみると、ミツコ調査事務所の入っているビルのものだと思われるドメイン名が表示された。

「なるほど。……これは、かなり強固な証拠だぞ」

やはり、今回の事件を引き受けるわけにはいかない。これほどの証拠があるのだ、戦ったとしても、泥沼化するだけだ。多額の報酬が期待できるならまだしも、今の山之内光子にそれだけの蓄えがあるとは思えない。調査事務所なんて、所詮《しょせん》は自転車操業。きっと、ミツコ調査事務所も、赤字に違いない。

「ああ、ダメだ、ダメだ。やっぱりこの事件には触れないでおこう」

などと呟きながらも、隆也の指はなおもスマートフォンの表面を滑り続ける。

「でも、なぜだろう？　なぜ、事件直前の記事だけ、ＩＰアドレスが表示されたのだろう？」

そうだ。これなのだ。これが、さっきからずっとひっかかっていたことなのだ。

それまでは、ずっとユーザー名で投稿し続けていた慎重な犯人が、事件直前に限って、身元がバレるおそれがあるＩＰアドレスを公開している。

「……ミステリー小説では、こういうときは、ミスリードするための罠《わな》だったりするんだが」

そう。誰かに罪をなすりつけるために、わざわざそうなるように仕組む。殺人現場に、わざわざ手ぬぐいを落としていくようなものだ。捕物帖《とりものちょう》時代からの、おなじみの「罠」だ。ミステリー小説なら、こういうあからさまな証拠がでてきた場合、探偵役は他の真犯人を疑うのが定石だ。

が、残念ながら、現実の警察は違う。どんなにわざとらしい証拠だとしても、それをそのまま証拠として扱う。そのせいで、今までに冤罪がいくつも作られてきた。そう、残念ながら我が国の警察は、ミステリー小説や刑事ドラマの中に出てくる刑事のように、懐疑的ではない。単純だ。目の前にある証拠をそのまま信じてしまう。ある意味、素直なのだ。そして、警察よりも幾分賢いはずの検察もまた、証拠を徹底的に利用する。頭の中では「他に犯人がいるかもしれない」と思いながらも、その思いに蓋《ふた》をし、提示された証拠をすり切れるまで利用して、犯行ストーリーをでっち上げるのだ。

多くの弁護士だってそうだ。「あれ？」と思うことがあっても、それを受け流してしまうことが多い。

なぜなら、忙しいからだ、多忙だからだ、次から次へと押し寄せる仕事をこなすためには、目の前の証拠を鵜呑《うの》みにしたほうが楽なのだ。そして、本音ではこうも思っているはずだ。「冤罪」事件ほど面倒なものはない。ミステリー小説ならばともかく、できれば冤罪事件には関わりたくない……と。

隆也もまた、同じだった。それでなくても、仕事が山と積みあがっている。冤罪事件なんかにつきあっている場合ではない！

「え？」

ここで、隆也は、はっと気がついた。

冤罪？　ということは、自分は、山之内光子の言い分を認めているということだろうか？　山之内光子の主張通り、この事件の真犯人は他にいると。

「仮に、そうだとしても」

この事件を引き受けるわけにはいかない。引き受けたら、いったい、何年かかるというんだ。あの苦手な女と何年もつきあうなんて、人生の大半を棒に振るようなものだ。

冗談じゃない。

……と思いながらも、隆也の指はレジュメを捲り続けた。

もう何度捲り続けているのだろう。ページの端が、ふにゃふにゃにふやけてしまっている。

まだ、なにかがひっかかっているのだ。なんだろう、このひっかかりは。奥歯に銀紙が挟まっているような、気持ちの悪さ。……なんだろう？

「……根元沙織？」

その名を口にしたとき、隆也の奥歯から、ぽろりと何かがはずれたような気がした。

隆也は、まだジムのロビーにいた。午後十一時半。あと三十分で、ここも閉まる。それを知らせるとでもいうように、スタッフがあからさまに掃除をし出した。

それを視線の端でとらえながらも、スマートフォンに指を滑らせる隆也。

隆也が表示させていたのは、ミツコ調査事務所のホームページだった。探偵事務所だというのに、所長はもちろん、スタッフの顔までもが丸出しで紹介されている。本来は、探偵の顔は隠すものだ。調査の邪魔になるからだ。こんなところも、あの女の苦手なところだ。女の自己顕示欲には、反吐《へど》がでる。

「これじゃ、まるで、どこかの風俗店のホームページだ」

もっとも、風俗店のホームページならば、従業員の顔は隠すものだが。

…………。

「ああ、そうか！　思い出した！」

隆也は、激しく膝を打った。

＋

それは、この年の二月のことだ。

ある事件のことで、ミツコ調査事務所を訪ねたとき。お茶を出してくれたのが、根元沙織だった。もっとも、このときはまだ名前は知らなかった。ただ、顔と容姿だけは強烈に印象づけられた。

まるで、風俗嬢のような子だな……と。

というのも、やけに露出の激しい服を着ていたからだ。服というか、ほとんどランジェリーだった。女のファッションには疎《うと》いが、最近はこういうのが流行《はや》っているのだろうか？　それにしても、下手したら公然わいせつ罪で逮捕されるおそれがあるほどの、露骨な服だった。……パンツなんて、ほぼ見えているんじゃないか。しかも網タイツ。

目のヤリどころに困っていると、所長の山之内光子は言った。

「ああ見えて、仕事はちゃんとしているんですよ」

「でも、あれじゃ色々と危ない。注意はしないんですか？」

「注意？　しませんよ。うちは、そういうところ自由なので」

「そうですか。……他の従業員も？」

「ええ、まあ、自由にやらせています」

という言葉通り、次に入ってきた従業員も、なにやらやけに変わった服を着ていた。

……メイド？

「彼女は、かつて、メイドカフェで働いていたんですって。ある事件がきっかけで、うちで働くようになりました」

「じゃ、元は依頼人？」

「はい。うちの従業員の大半は、元依頼人なんです」

「なんで、また？」

「たまたまなんですけどね」

「たまたま……」

「ミイラ取りがミイラになった……というか？」

「ミイラ取りが、……ミイラ？」

「まあ、喩《たと》えが変ですね。つまり、依頼したのをきっかけに、人の身辺を色々と探る楽しさに目覚めたみたいなんですよ」

「は……」

「結局、好奇心が強いんです、みんな」

「なるほど。ちなみに、彼女たちはどんな相談を？」

「あら、いやだ。気になります？　先生も好奇心が強いですねぇ」

「……………」

「あら、すみません。でも、好奇心が強くなきゃ、こんな商売やってられませんよね」

「……………」

隆也が黙っていると、山之内光子はふっと表情を緩ませ、言った。

「彼女たちは、みな、ストーカー被害者なんですよ」

「ストーカー被害？」

「ええ、ストーカーに狙《ねら》われて、それでうちに相談にきた子ばかりなんです」

「ストーカー被害に遭っていたのに、気がつけば、自分が人様を尾行したり身辺調査をする立場に？」

「ね？　まさに、ミイラ取りがミイラになった……でしょう？」

「まあ、確かに」

「でも、ひとりだけ、加害者がいるんですよ」

「加害者？」

「そう、ストーカー加害者。もっとも、自分ではまったく自覚がなくて、今でも加害者だとは思ってないんじゃないかしら」

「どういうことですか？」

「前に、ある女性が相談に来たんですよ。ストーカー被害に遭っているから助けてくれって。話を聞いてみると、三角関係のもつれで、男をとりあって、元カノが、今カノをストーキングしているってケースでした。まあ、単純な構図でしたから、すぐに犯人は突き止められたんですが。でも、その犯人、自分にはストーカーの自覚はまったくなくて、むしろ自分が被害者だと言い張るんです。で、何度か話し合いの場を持つうちに、彼女、この仕事に興味を持ちはじめて。……そして、うちで働くことになったんです。それが、さっき入ってきた子で――」

ああ、あの、……ランジェリー姿の……。

そのランジェリーの彼女が、帰り際《ぎわ》、エレベーター前で声をかけてきた。

「先生！」

それは、いかにも切羽詰まった感じだった。

「先生、私は根元沙織といいます！　私を先生のもとで働かせてください」

「は？」

「私、本格的な調査員になりたいんです。でも、ここでは、それも叶《かな》いません。初恋の人を探したり、猫や犬を探したり。そんなんじゃなくて、もっと、世のため人のためになることをしたいんです！」

「いや、今は、人手は足りているから」

「人手が足りなくなるときはありませんか？」

あまりにしつこく食い下がってくるので、

「今はないよ。仮に、人手が足りなくなったら、サイトで募集かけるから。それチェックしてみて」

と、適当なことを言って、その場をあとにしたのだが。

そのときは、人手が足りなくなるようなことは当分ないと思っていた。が、長年働いてくれていた女性が、四十五歳でまさかの妊娠。突然、産休に入ってしまった。それで、先々週、緊急で募集をかけたのだ。そのとき、応募してきたのが……。

＋

「根元沙織」

隆也は、その名前を口に出してみた。

「え？」

試用期間中のスタッフが、おもむろにこちらを向いた。

隆也は、事務所に来ていた。今日は、なんだかんだで、寝たのが三時過ぎ。久しぶりの寝不足だ。しかも、朝食に出てきたグリーンスムージーが恐ろしいほど不味《まず》かった。これは、妻の嫌がらせだろう。約束を破って午前様になってしまったことに対する、お仕置きに違いない。そのグリーンスムージーが、喉と胃の間を何往復もしている。

「先生、お水、お持ちしましょうか？」

「ああ、ありがとう。頼むよ」

このスタッフは、本当に気がきく。……この子にして、よかった。

スタッフの募集に応募してきたのは、十五人。その中で、この子……永山乃亜《ながやまのあ》を選んだのは正解だった。やはり、自分には見る目がある。仕事もできるし、気がきくし、なにより愛嬌《あいきょう》があり、美人だ。少しぽっちゃりはしているが。

……もちろん、容姿で選んだわけではない。その前歴と簡単な筆記試験、そして面接で、この子が群を抜いていたのだ。一応、今は試用期間ということで雇っているが、試用期間が過ぎたら、もちろん正式に雇う心積もりだ。

それはそうと、気になるのは〝根元沙織〟だ。

「根元……沙織」

隆也は、今一度、その名前を口にしてみた。

「沙織ちゃんが、どうしたんですか？」

「え？　根元沙織を知っているの？」

「はい。……以前、一緒に仕事をしていたことがあります」

「……仕事？」

「ミツコ調査事務所で」

「え？　君、ミツコ調査事務所で働いていたの？」

「はい。……あ、すみません。履歴書では省いてしまいました。だって、ちょっとしか働いてなくて、……すぐに辞めてしまったので、……すみません。それに、……先生、私のこと、覚えてくれているると思ったものですから」

「え？」

「……いえ、いいんです。……で、沙織ちゃんが、どうしました？」

「僕がミツコ調査事務所に行ったとき、雇ってほしいって、しつこく言われたんだよ、根元沙織に」

「……分かります。だって、隆也先生は有名人ですから。有名で有能な先生の下で働きたいと、誰でも思いますもん。……私だって」

そんなことを可愛《かわい》い声で言われて、隆也の股間《こかん》がむくっと反応する。が、隆也はポーカーフェイスを貫いた。

「で、僕は言ったんだ。人手が足りなくなったらサイトで募集かけるから、それチェックしてみて……って。でも、今回の募集に、根元沙織は応募してこなかったな……って」

「それどころじゃなかったんじゃないでしょうか」

「どういうこと？」

「今回の事件……日高定子さんが殺害された事件、私なりに調べてみたんです。この事件、沙織ちゃんが真犯人じゃないかって……」

「え？」

「沙織ちゃんが、隣のビルに入っていた『エログロ』の風俗嬢だったことは……」

「ああ、レジュメにそうあったね。『エログロ』で、被害者の日高定子と一緒に働いていたって。よくこの短期間に調べたな……と感心していたんだよ。そうか、もともと知り合いだったんだ。なるほど」

「沙織ちゃんって、恐ろしいほど負けず嫌いなんです。嫉妬《しっと》深くて。『エログロ』のナンバーワンを争っていた日高定子にも激しく嫉妬していたと聞きます。だから、インターペディアに殺人予告なんかをしたりして、日高定子を怖がらせていたんだと思います。しかも、実際に殺してしまった……」

「殺した？」

「はい。沙織ちゃんが殺したに違いありません。……沙織ちゃんなら、やります。そういう人間です。異常人格者なんです。私も、彼女のせいで、ミツコ調査事務所を辞める羽目になったんですから」

「そうなのか？」

「はい。私、ミツコ先生に可愛がられていましたから。それで、妬《ねた》まれたんだと思います。色々と嫌がらせを受けて、耐えられなくて、辞めました」

「ミツコ先生？　あの所長のことを、〝先生〟って呼んでいたの？」

「はい。……そう呼べって言われたので。……スタッフはみんな〝ミツコ先生〟って」

弁護士にでもなったつもりか。やっぱり痛い女だ、山之内光子は。

「で、根元沙織からは、どんな嫌がらせを？」

「……色々と……」

「色々と？」

「……言えません。とてもじゃないけど、言えません……」

「ああ、悪かった。いいんだよ。言いたくないことは、言わなくても」

「いずれにしても、私、ひどいイジメにあっていたんです。だから、辞めたんです」

「そうだったのか」

「そんなことをする人なんです、根元沙織は。……鬼畜なんです！　あの人なら、殺人のひとつやふたつ……」

「ひとつやふたつ……？」

「それに、ミツコ先生には、日高定子を殺す動機なんかまったくありませんもの」

「確かに、そうなんだ。動機がずっと謎だったんだよ」

「でしょう？」

「でも、ＩＰアドレスが。……山之内光子は事務所のパソコンから記事を投稿している」

「きっと、ミツコ先生が、真犯人をおびき寄せようとして自分で嘘の記事を投稿したんでしょう。ミツコ先生ならやると思います。目の前に謎があったら、身を挺《てい》してそれを暴《あば》こうとする人です。……そのせいで犯人にされて、本当にお気の毒です」

「……そうか。じゃ、やっぱり、冤罪か」

「はい。そうだと思います。……ミツコ先生を助けてあげてください。このままでは、あまりにお気の毒です。……隆也先生！」

永山乃亜の胸元が、ぐいぐいと迫ってくる。隆也の股間が、むくむくと反応をし続ける。

「隆也先生なら、できると思います。どんな難しい冤罪事件でも、隆也先生なら……私の先生なら」

「私の……先生？」

「あ、すみません。…隆也先生は、私の憧《あこが》れなんです。だから、心の中でずっと呼んでいたのです。〝私の先生〟……って。すみません」

「いや、謝らなくてもいいよ。嬉《うれ》しいよ」

「本当ですか？　……私、ずっとずっと、隆也先生に憧れてきました。……あのときから、ずっと」

「あのとき？」

「はい。今年の二月、先生、ミツコ調査事務所にいらっしゃいましたよね？　お名前は以前から存じ上げていましたが、ご本人を目《ま》の当たりにして、私、一目で恋に落ちてしまったんです」

「こ……恋？」

股間が、半端《はんぱ》ない。少しでも動いたら、爆発しそうだ。隆也は下半身にぐっと力を入れた。

「……隆也先生、私の先生……、どうか、ミツコ先生を助けてください。……真犯人は根元沙織なんですから！　あの女なんですから！」

永山乃亜がいよいよそこまでやってきた。

「……永山くん、ちょっ、ちょっと待って」

「悪いのは、根元沙織です！　だから、隆也先生……」

永山乃亜の手が、ふいに、隆也の股間に触れる。

「いやだ、隆也先生……」

永山乃亜が、はじらうように、手を引く。

「こんなふうにしたのは、君だよ」

「隆也先生、そんな……私、そんなつもりは……」

「もう、我慢できないよ……」

「……隆也先生」

スタッフに手を出すなんて。しかも、仕事中に、事務所で。

隆也は、自身の不甲斐《ふがい》なさに、しばし、落ち込んだ。

「隆也先生。……すみません」

が、永山乃亜のその愛らしい声を聞いて、反省などすぐに吹っ飛んだ。

そして、その豊満な肉体を今一度味わおうと、その裸体をかき抱いた。そして、その秘部を押し開いて、顔を近づける。

……ああ、なんていい匂《にお》いなんだ。

これは、糖質と脂質が混ざり合った匂いに通じるものがある。これほど生命力にあふれた甘い匂いは久しぶりだ。……いや、初めてだ！　まさに、天国の匂いだ。

ふと、妻の顔が浮かんできた。妻のそれは、まさに、グリーンスムージー。ひたすら味気なくてひたすら、不味い。あんな不味いもので我慢していた自分が、今更ながら哀れになってくる。これから先も、我慢を強いられるかと思うと、心が悲鳴をあげる。

俺は、糖質と脂質が欲しいのだ！　とろりと甘く、芳醇《ほうじゅん》な味わいの、至福の舌触りが！

そして、隆也は、まるでトーストに塗られたバターを味わうように、永山乃亜の秘所に舌先を当てた。

「あ……あ……隆也先生……どうか、先生の女にしてください……ああ、隆也先生とずっと一緒にいたいです……私の先生……」

「ああ、わかったよ。俺の女になれ」

「ああ、嬉しい……先生、その言葉、信じていいんですね？」

「ああ、信じていいよ。俺の女になれ」

「嬉しい……。私、隆也先生の奥さんになるんですね。……私、夢だったんです。先生の奥さんになることが……」

奥さん？　……いやいや、それは。一瞬、隆也は戸惑った。が、今まさに、女の秘所に自身の分身を侵入させたところだ。こんないいところで異議を申し立てられるはずもない。

「いいよ、俺の奥さんにしてやる」

隆也は、喘《あえ》ぎ声の合間に、そんな迂闊《うかつ》なことを言っていた。

＋

隆也が、山之内光子に面会したのは、その翌日だった。永山乃亜に請《こ》われて山之内光子の弁護を引き受けるためだったが、本人を前にしたら、やはり、拒絶反応のほうが大きかった。

やはり、虫が好かん。

乃亜には悪いが、今回は断ろう。

……ということで、適当なことを言って、その場では口を濁した。

「だから、……言ったんですよ」隆也は、ため息交じりで言った。そして、「住吉隼人」と、呟いた。

住吉隼人の名前がでてきたのには、我ながら驚いた。が、山之内光子には効果があったようだ。顔が青褪《あおざ》めている。住吉隼人は山之内光子のかつての依頼人で、そして大悪党だ。山之内光子もまんまと騙《だま》された。……が、そんな彼も、今は行方不明。たぶん、闇《やみ》の組織にでも足を踏み入れて消されたんだろう。ああいう悪党の末路は、大概、そんなものだ。

隆也は、姿勢を正すと、続けた。

「が、ただお断りするんでは忍びないと思いまして、僕なりにちょっと調べてみたんです。……根元沙織にはお気をつけください」

「え？」

「ですから、あなたの事務所で調査員をしている根元沙織ですよ。彼女、調査員の他に、風俗店でアルバイトをしていました。そこで出会ったのが、日高定子というわけです」

「根元沙織が、日高定子の〝先輩〟？」

「根元沙織は、日高定子に並々ならぬ嫉妬心を抱いていたようです。だから、今回、ターゲットになったのかもしれませんね。もしかしたら、なんかしらの理由で、住吉隼人とも繋《つな》がっているのかもしれない」

まったくのデタラメだったが、山之内光子はあっさりと信じたようだった。

「そこまでお調べなら、ぜひ、私の弁護人に――」

「それは、無理です。では、これで失礼します」

……と、席を立ったところで、隆也は、再び、腰を落とした。

「ああ、そうでした。これをお見せしておかないと」

と、言いながら、一枚の紙をかざした。それは、インターペディアをプリントアウトしたものだった。

乃亜が、見つけた記事だ。

「今朝、記事にこの一文が追加されました。……くれぐれも、お気をつけください」

『8月17日深夜、山之内光子が留置場で首を吊《つ》り自殺しているのが見つかった。』

＋

結局、その予言通りに、去年の八月十七日、山之内光子は、留置場で首を吊って自殺した。

さすがに、それを聞いたときは面食らった。

「あなたが、気にすることはないわ。それが、山之内さんの運命だったのよ」

妻が、温泉饅頭《まんじゅう》を隆也の口に押し込みながら言った。

「あなたの大好きなお饅頭。いっぱい食べてね」

ああ。……この子と再婚して、本当によかった。乃亜と結婚して。

前の妻が死んだのは、八ヶ月前だ。……隆也が殺害した。スムージーにトリカブトの根の粉末を毎日少量混ぜ、じわじわと死に至らしめた。死因は心不全。……特に疑いも持たれず、解剖もされず、妻は焼かれた。

まさに、完全犯罪。

後悔はしていない。

豊満な肉体を持つ新しい妻を娶《めと》ることができたのだから。

「あなた、抹茶アイスもあるわよ、食べる？」

そして、今度の妻は、とことん隆也に甘い。隆也の好きなものを好きなだけ、食べさせてくれる。

それでも、太らないのだから、不思議だ。むしろ、どんどん痩《や》せていく。

足下から重低音がぞわぞわとせり上がってくる。

花火大会が、いよいよはじまった。

その大輪の花を見ながら、妻がうっとりとした表情で言う。

「それにしても、いい部屋ね。特等席ね」

「君のために、押さえたんだよ」

本当は、前の妻が去年のうちに押さえたのだが、まあ、嘘も方便だ。

……そんなことより、尿意が。

「どうしたの？」

「いや、ちょっとトイレ」

「やだ、あなた。最近、近いわね。花火大会が終わるまで、待てないの？」

待てない。

籐椅子《とういす》から立ち上がるが、足先がじくじくと痛い。

見ると、左の足先が赤黒い。先々月、椅子の脚にぶつけたときの痣《あざ》からも、血が滲んでいる。

治りが遅すぎる。それに、こんな感じの画像をネットで見たことがある。……そう、これはまさに末端壊死《えし》。

……まさか。

まさか、糖尿病？　前の妻が常々言っていたように、糖尿病が悪化した？

『暴飲暴食を続けていたら、あなた、間違いなく糖尿病で死ぬわよ。それでなくても、空腹時血糖値が二〇〇もあるんだから』

糖尿病で死ぬ？ そう思ったとたん、頭に鈍痛が響いた。……この痛み、まさか。脳梗塞《のうこうそく》の再発？

「ね、あなた。夜食にルームサービス頼みましょうか？ カツサンドとハンバーガー、どっちがいい？ ふたつとも？」

妻の声が遠い。

「ほんと、いい部屋ね。来年も、ここに来ましょうよ。……生きていればね」

追記

二〇一七年八月十七日。

池上隆也と別れた山之内光子は、独房でひとり、睡魔と戦いながら思いを巡らせていた。

池上弁護士は、根元沙織が怪しいと言っていたが。

つまり、根元沙織が日高定子を殺害して、その罪を私になすりつけたと。

池上弁護士は、根元沙織が、カストリパブ『エログロ』で風俗嬢のアルバイトをしていたともいうが。

……もしかしたら、そういうこともあるのかもしれない。根元沙織の前職は、キャバ嬢だ。

が、その根元沙織が、私に罪をなすりつけたというのは、嘘だ。

絶対、違う。

なぜなら、根元沙織は、私の妹だ。両親が離婚して、私は父方に、妹は母方に引き取られて長らく別々に暮らしていたが、私が事務所を立ち上げたときに馳《は》せ参じてくれた、妹だ。もっとも、事務所のスタッフには、そのことは言っていないが。

……まさか、はじめから沙織を陥《おとしい》れようと誰かが画策した？

誰？　誰が黒幕なの？

光子の頭に、唐突にある人物が浮かんできた。

メイド姿の、その女。

永山乃亜。

二年前、ストーカー被害に遭っているから助けてくれと相談に来た人物がいた。三角関係のもつれで、男をとりあって、元カノが今カノをストーキングしているケースだった。そのストーカーこそが、永山乃亜。が、本人にはストーカーの自覚はまったくなくて、むしろ自分が被害者だと言い張り……。何度か話し合いの場を持つうちに、うちで働くことになって――。

……妙な人物だった。どういうわけか、〝先生〟と名のつく職業に異常にこだわり、ストーキングしていた相手も、小説家の婚約者だった。なにか、コンプレックスでもあるのだろうか。

そういえば、〝先生〟と肩書のつく男性には、ことごとく、媚《こび》を売っていた。特に弁護士と医者には目がなくて、仕事中でも〝先生〟を物色。保身の術にも長《た》けていた。仕事をミスしても誰かのせいにし、ときには仲のいい人たちを仲違《なかたが》いさせるようなこともした。私と沙織もそれをやられた。そのせいで一時、険悪な仲になったこともあった。そう、まさに、池上弁護士がうちの事務所を訪問した頃。私たちは大喧嘩《おおげんか》し、「こんな事務所辞めてやる！　もっとちゃんとした法律事務所で働く！」などと、沙織が荒れたこともあった。

とにかく、永山乃亜がうちに来てからというもの、人間関係がめちゃくちゃになってしまった。……私たちは、永山乃亜の虚言に振り回され続けた。

その虚言に気がついたのが沙織で、いろいろと調べてみると、永山乃亜はとんでもない女だった。沙織はこんなことを言っていたものだ。

「永山乃亜が歩いたあとにはペンペン草も生えないどころか、死体がゴロゴロですよ」

そう、永山乃亜の周囲には、死人が続々。皆〝先生〟と称される、家庭がある男性だ。男たちは永山乃亜に家庭を壊されて、挙句、死んでいる。

「まさに、死神ね。関わらないほうがいい」

そして、私たちは事務所から永山乃亜を追い出したのだが。

……もしかして、それを根に持った？

だから、今回の日高定子殺しの罪を、私たちになすりつけようとした？

……それとも、池上隆也が言うように、黒幕は沙織？

……もしかして、沙織、私を憎んでいた？

母に引き取られた沙織は、母の再婚相手の継父に虐待《ぎゃくたい》されて、それで家出を繰り返した末、施設に送られたのだという。荒れた生活もしていたという。一方、父に引き取られた私は、父の再婚相手の継母とも関係は良好で、円満な家庭で育つ幸運に恵まれた。

……まさか、それを逆恨みしていた？　沙織は、幸せな私をずっと恨んでいた？

……だから、沙織は、私を陥れた？

『そうよ。姉さん。私は、あんたのことがずっと嫌いだった。憎んでいた』

沙織の声が、聞こえたような気がした。

ああ、やっぱり、そうなのね。あなたは、私を憎んでいたのね。

でも、なんで？

私、あなたにはいろいろと配慮したつもりよ？

お給料だって、他のスタッフよりも多めに払っていた。

『多めに払っていた？　は？　あれで多め？　全然足りない。毎月大赤字だった。だから、わたし、アルバイトしていたのよ』

アルバイトって。……『エログロ』で？

『そうよ。私だって、したくなかった。でも、するしかなかった。だって、給料が少ないんだもん！　あんな額じゃ、〝遠征〟だってできない！　私は、もっともっと韓国に行きたいのよ！』

言ってくれればよかったのに。

『それとなくアピールしてきたわよ。でも、あんたは全然気がつかなくて。それどころか、自分はスタッフに充分給料を払っているって自慢までして』

そんなことで？　そんなことで私を逆恨みしてきたの？

『それだけじゃない。いろんなことが積み重なって、いちいち説明できないぐらい、いろんなものが積み重なって。……ヘドロのように私の中でたまっていって、もう窒息状態だった。苦しくて、苦しくて、たまらなかった！』

それで、ずっとずっと、私が死ねばいいと思ってきたのね。

『そうよ。あんたも、私のように苦しめばいいんだ。……死ねばいいんだ。死ね。……今すぐ、死ね』

信じていたのに。あなたを心から、信じていたのに。

『そういうところが嫌いなのよ。憎たらしいのよ。興信所の所長のくせして、人を信じやすくて、お人好《ひとよ》し。そんな育ちのよさが、たまらなく憎たらしかったのよ』

だって、仕方ないわ。私の義母はクリスチャン。いつも言っていたもの。「人を信じなさい。信じれば救われる」って。

『なにが、クリスチャンよ。なにが、信じれば救われる……よ。人を信じると、ろくなことにならない。結局、そのザマよ』

ほんと、そうね。

なんで、私、こんなことになってしまったんだろう？

なんで？　……なんで？

そこまで考えたとき、突然思考がフリーズした。

酷《ひど》い眠気が襲ってきたのだ。

が、眠れない。

脳も肉体も、疲労しきっているのに、……眠れない。

光子は、明日のことを思った。明日も長時間の取り調べがあるかと思うと、もう死んでしまいたい。

あの取り調べには、耐えられない。

だって、同じことを訊《き》かれるだけだ。

「あなたが、やったんですね」

違う。

でも。

もう、考えられない。

考えたくない。

これ以上は、無理だ。……無理だ！

楽になりたい。……楽にして。

と、そのとき、その一文が、瞼《まぶた》の裏に蘇《よみがえ》った。

『8月17日深夜、山之内光子が留置場で首を吊り自殺しているのが見つかった。』

それは、なにかの暗示のようだった。

それとも、なにかの催眠術か。

光子は、なにかに操られるように、紐《ひも》の代わりになるものを探した。

そうだ。シャツだ。

これなら、使える。

そして、着ていたシャツを脱ぎ、それを引き裂いて一本の紐にした。さらに輪っかにして便器の水洗レバーに巻きつけると、余った部分を自分の首に巻きつけた。

あああ。

これで、ゆっくりと眠れる。

沙織、私、ようやく眠れるわ。……眠れるのよ。

沙織、だから、もう許して——

光子は、静かに、全身の力を抜いた。

……と、そのとき。

光子の瞼に浮かんできたのは、去年の、ある光景だった。ネイビーのツーピースに身を包んだ、依頼者の姿。

それは、二〇一六年の秋のことだった。

初恋さがし

相談受付日 2016.10.12

「疲れてない？　大丈夫？」

どこからともなく聞こえてくる、その声。

「疲れてない？　大丈夫？」

それは、遠い夏の日。

「疲れてない？　大丈夫？」

橋中慶子《はしなかけいこ》は、飛び起きた。

心臓が、どくどく、痛い。

顔が、ぽっぽと、熱い。

隣を見ると、夫が幽《かす》かな鼾《いびき》をかきながら、幸せそうに寝入っている。

慶子は、時間をかけてゆっくりと息を吐き出した。

なんとかしなくちゃ。

このままでは、いけない。

なんとかしなくちゃ！

JR高田馬場駅から歩いて五分。早稲田通り沿いの雑居ビル、四階。

ミツコ調査事務所。

「初恋の人を、探してほしいんですけど」

その人の言葉に、所長の山之内光子は、しばし返事を保留にした。以前なら、「喜んで」と即応していただろうが、『初恋さがし』の看板をおろした今、そうそう安易な態度をとるわけにもいかない。

「なるほど。初恋の人ですか」

光子は、苦い表情を浮かべたあと、それをごまかすように相談申し込み書に視線を落とした。

橋中慶子、三十八歳。職業、専業主婦。住所、文京区小日向《こひなた》……。

ふと視線を上げると、ネイビーのツーピース姿の女性が、無表情でこちらを見ている。その首には一連の真珠のネックレス。バッグは、某有名ブランドのものだ。時計もいかにも高級品だ。

たぶん、子供の行事の帰りなのだろう。それとも、ママ友の集いか。

なんとも不思議な時代になったものだと、光子は思った。

リクルートスーツもそうだが、ママルックも、みごとな画一化が進んでいる。光子が大学生の頃は、みな色とりどりの服で就職活動をしていた。学校の行事だってそうだ。子供たちに恥をかかせないように、母親はとっておきの晴れ着で学校を訪れたものだ。

ところが、今はどうだろう。この事務所の近くでも時折見かけるが、カラスの軍団のようなママたちの行進。個性だの自由だの自分らしさだの言っている割には、むしろ無個性がどんどん進んでいるように思える。カラスのほうがよほど、個性的だ。

この現象はいったいなんなのだろうか。ブラックフォーマル業界の陰謀なのだろうか。

が、ブラックフォーマルに身を包んでも、やはり自己主張をせずにはいられないのが、人間……女というものである。制服をこっそり加工する生徒のように、この目の前の女性もまた、「他とは違う特別な私」をこっそり、演出している。それが、あのバッグであり、時計なのだろう。

それはこの人に限らず、他のママたちにも見られる傾向に違いない。アクセサリーや持ち物で、差別化をはかる。そう、ブランド自慢だ。きっと、それが高じて、壮絶なブランド競争が勃発《ぼっぱつ》しているに違いない。

ああ。なんだか、面倒くさい。

子供なんていなくてよかった。

が、そんなことはおくびにもださずに、光子は言った。

「初恋の人をお探しで？」

「はい。……見つかりますか？」

女性は、切羽詰まった様子で、こちらに身を乗り出した。「どうしても、知りたいんです。その人が今、どうしているのか。どうしても！」

「なるほど。でも——」光子は、いったん言葉を飲み込んだ。初恋の人に会ったとしても、ろくなことになりませんよ。……そう忠告してやろうかとも思ったが、そんなことを言ったところで、聞く耳を持たないだろう。ならば、こちらも、ビジネスライクにいくしかない。

「初恋の人を探すとなると、結構な額になる場合もありますが？　たとえ、見つからなくても、それ相応のお支払いが生じます」

「それでも、かまいません」

女性は、さらに身を乗り出してきた。今にも食いついてきそうな勢いに、光子は怯《ひる》んだ。が、すぐに笑みを作ると、

「立ち入ったことをお聞きしますが。……どうして、初恋の人を探したいというお気持ちに？」

「夢を見るんです」

「夢？」

「はい。……ここ数ヶ月、毎日のように夢を見るんです」

「それで、会いたくなった？」

「……ええ、まあ」

女性は、はにかむように、ゆっくりと頷《うなず》いた。

「私の初恋の人は、……私が小学校四年のときの先生です」

「先生ですか？」

「はい。……変ですか？」

「いいえ。よくある話です。学校の先生が初恋の人というのは。……実は、私も、小学校のとき好きな先生がいましてね。用事もないのに教員室に行ったり、バレンタイ

ンチョコレートを先生の上着のポケットにこっそり入れたり。……ふふふ、ほんと、バカみたいでしょう？」

「いいえ、そんなことは――」女性が、少し小馬鹿《こばか》にしたように、まつ毛を震わせた。

光子は咳《せき》払いをすると、言った。

「では、詳しく、お話をお聞かせください。……その初恋の先生のことを」

「はい」

女性は、頬をほんのり染めると、静かに話をはじめた。

＋

当時、うちは転勤族でして。銀行員をしていた父には毎年のように転勤の辞令が下り、小学校四年生にして、私は三度も転校を経験しておりました。

こうなると慣れたもので、転校が決まっても、友達と別れるのが辛《つら》いとか、次の学校でも友達できるかな？　とか、そんな心配や憂《うれ》いを抱くこともなく、どうせ、またすぐに転校するんだ、今度の学校でも適当に友達を作って適当に過ごそう……なんて生意気なことを考えていました。最悪、人間関係に失敗しても、いじめにあっても、すぐに転校する身。気楽に行こう……なんて感じで、割と楽観的に構えていたんです。どうせ私はボヘミアン。旅人のようなものだ。何事も深入りしないように、ポーカーフェイスで乗り越えよう……って。

そもそも私、馴《な》れ馴《な》れしいのが苦手なんです。ほら、子供って、遠慮がないでしょう？　ずかずかと、こちらのテリトリーに入り込んでくるというか。人の家に入り込んでは、冷蔵庫を開けるような子、当時はうじゃうじゃいましたからね。自分と他者との境界が曖昧《あいまい》なんでしょうね。

だから、私、転校生というのを武器に、結界を張りまくっていたんです。クラスメートは、私のことが気になってしかたないという様子でしたが、私はその好奇心を弾《はじ》き飛ばしていました。……それまでの学校では、それで万事オーケーでした。「近寄りがたい転校生」というレッテルを貼《は》られもしましたが、それが、私には居心地がよかった。

でも、新しい学校は、なにやら様子が違っていました。子供特有の馴れ馴れしさが、まったくないんです。一言で言えば、唯我独尊《ゆいがどくそん》。みな、他者にはまったく興味がないという感じで、それぞれのテリトリーの中に収まっていました。

転校初日、教壇の前でみんなに紹介されているときも、「しーん」という擬音が聞こえるほどの、静寂に包まれていました。いつもなら、ここで好奇の視線が一斉に飛んできます。そして、ひそひそ話やにやにや笑いがあちこちから。

でも、「しーん」なんです。不気味なほど、「しーん」なんです。

こうなると、人間不思議なもので、

「うち、慶子いうねん。よろしゅう！」

なんて感じで、私、いつのまにか芸人のように自己紹介してました。

自分でもびっくりです。

もっとびっくりしたのはクラスメートたちで、一斉に「ぎょっ」という表情になりました。が、すぐに、「しーん」。

こうなると、私も止まりません。

「ずこー」なんて、芸人のようにずっこけてみたり、「ここ、笑うところやで！」なんて突っ込んでみたり。

私、ボヘミアンどころか、ピエロになっていました。

ああ、失敗した。

私は、深く後悔しました。というのも、転校初日の印象で、その人のキャラクターは確定してしまうからです。だから、本来ならば慎重にならないといけないのに、私は、自ら、〝芸人〟というキャラ設定を提示してしまった。しかも、こてこての大阪芸人。こうなると、このクラスにいる限り、私はそのキャラを貫き通さなくてはなりません。

最初の印象で決まったキャラ設定がどれだけ重要か。説明しなくてもよくご存じですよね。所長さんにだって、経験があるはず。子供の世界では、キャラの初期設定は絶対です。しかも、一度設定したキャラは、途中で変えてはならない。これが、子供の世界のルールです。子供は、誰に教わったわけでもないのに、そのルールを不思議なほど遵守《じゅんしゅ》します。

結果、私は〝こてこての大阪芸人〟キャラ、または〝ひょうきん者〟キャラに設定されてしまいました。まったく不本意なことですが、まあ、しかたない。長い人生、こういうこともあるのだろう。なにごとも経験。……私はそんな達観の境地にいました。すぐに転校するだろうから、短い間の我慢……という気持ちがあったからです。が、思った以上に、地獄でした。本来の自分とは違うキャラを演じることは。いつでも私は、おどけることを期待されて、誰かがボケたら突っ込むことを余儀なくされました。一瞬だって、油断することはできませんでした。

疲れました。心底、疲れました。その証拠に、私は小学校四年生にして、十二指腸潰瘍《かいよう》になってしまいました。私はいつでも薬を持ち歩き、ひょうきん者を演じている陰で、こっそりと薬を飲むような毎日。

もう、本当につらくて。学校に行くのがいやで。ずる休みをしたくても、厳格な母がそれを許してくれません。……いっそのこと、死んでしまいたいと、何度思ったことか。

そんな私に、「疲れてない？ 大丈夫？」と優しく声をかけてくれた人がいました。

その人は、副担任の先生でした。

　担任の先生は、しょっちゅう、出張していて。聞いた話だと、どうも教頭試験を控えていたようで、研修に行っていたみたいです。なので、うちのクラスには、副担任がいたんです。大学を卒業したばかりの、若い男の先生でした。

その人だけが、私の苦しみを見抜いてくれていて。

「疲れてない？ 大丈夫？」

と、たびたび声をかけてくれたんです。

そう。私が探してほしいのは、その人なんです。

先生を、探してほしいのです。

ああ、でも。

私、あまり覚えてないんです。その頃、ちょっとした事故に遭ってしまいまして。……自宅の窓から転落したんです。頭を強く打ったようで、その頃の記憶がすっかり抜け落ちてしまっているんです。

だから、実をいうと、その先生のことも最近まで忘れていたんです。

が、ここに来て、急にいろんなことを思い出してきて。

特に、その先生の夢を頻繁に見るようになりました。

「疲れてない？　大丈夫？」

夢の中で、先生は何度も繰り返すんです。

「疲れてない？　大丈夫？」

あああ。

会いたい。……会いたい。

会いたい！　先生に会いたい！

そんな思いが募っていって。今では、寝てもさめても、先生のことで頭がいっぱいで。生活もままなりません。……このままでは、娘の受験にもさしつかえます。

はい、そうなんです。来年、娘の小学校受験を控えていまして。今、その準備中です。だから、他のことにうつつを抜かしている場合ではないんです。……と思えば思うほど、先生の夢を見てしまって。

昨夜も見ました。

「疲れてない？　大丈夫？」「疲れてない？　大丈夫？」「疲れてない？　大丈夫？」「疲れてない？　大丈夫？」「疲れてない？　大丈夫？」

………。

このままでは、私は夢に飲み込まれてしまう。なら、いっそ、先生に会ってしまえば、この思いからも解放されるんじゃないか。この、狂おしいほどの思いから。

そんなことを考えながら古新聞をまとめていましたら、こちらの広告をみつけまして。居てもたってもいられなくなり、今日、こうして足を運んだ次第です。

どうか、先生を探してくれませんか？

ああ、でも。

先ほども申しましたが、情報はほとんどないんです。なにしろ、私、当時のことはほとんど忘れてしまっていて、思い出した記憶も、切れ切れの断片。それが本当の記憶なのかも分かりません。

両親に聞いてみても、「よく覚えてない」だの「そんな記憶はない」だの、まるで、国会の答弁のような反応ばかり。

もしかしたら、その先生は実在していないのかもしれません。私が作り出した幻なのかもしれません。

それも含めて、探して欲しいんです。

先生を。

お願いします。

でなければ、私、次に進めません。

どうか、どうか、お願いします。……できるだけ早く。

お金はいくらかかってもかまいません。

だから、できるだけ早く、見つけてください、先生を！

＋

「なんか、変なんだよね……」

光子は、デスクに戻ると、ふと漏らした。

そして、いつものように腕を組み、瞑想《めいそう》に浸る。

「なにが、変なんです？」

そう言いながら、メイド服姿でお茶を運んできたのは、去年雇い入れたアルバイトの永山乃亜だった。いわくつきの女で……そのメイド服もさることながら、もともとはストーカー加害者だ。……もっとも、本人にはその自覚はなく、自分こそが被害者だと思い込んでいる節がある。が、そのストーカー気質が、今の所、大いに役立っている。その粘つくような好奇心と執着心で、いくつもの難しい案件を華麗にさばいてきた。

彼女の出現で、機嫌を損ねているのが、古参の根元沙織だ。それまで、この事務所のナンバーワンスタッフだったが、今ではすっかり、そのお株を奪われている。

今も、不貞腐《ふてくさ》れた顔で、爪《つめ》をいじっている。が、こちらの会話はちゃんと聞いているようで、猫のように耳がこちらに向いている。

光子は、そんな根元沙織に聞こえるように、永山乃亜に言った。

「さっきの、依頼人。なんか変なのよ」

「さっきの依頼人って?」永山乃亜が、まるでアニメキャラクターのように、甘ったるい声で反応する。

「ほら。全身紺色の女性よ」

「ああ。ヴァンクリの〝アルハンブラ ミディアムモデル ウォッチ〟をしていた女性ですね！　あれ、四百四十万一千円ですよ！」

「よんっ、よんっ、四百四十万一千円！」そう、声を上げたのは、根元沙織だった。

が、すぐに、私には関係ないとばかりに顔を背け、「えっと、このあとの予定は……」

などと、手帳を確認する。もちろん、耳はこちらに向けて。

そんな根元沙織を意識するように、永山乃亜は声をさらに張り上げた。

「あのヴァンクリの時計、私が狙《ねら》っているやつなんですよぉ。欲しくて欲しくて、お金を貯《た》めているところなんです。バイトをしているんです」

「バイト？　ここ以外にも？」

「はい。かけもちで。あ、でも、大丈夫です。こちらの仕事のほうが優先なんで。こちらの仕事が詰まっているときは、あっちの仕事は休んでいるんで、安心してください」

「まあ、こっちとしては、あなたのバイトのかけもちをとやかく言うつもりはないけど。そういう立場でもないし」

正社員ですら、今は副業が当たり前の時代だ。アルバイト社員が別にアルバイトをしているからといって、それに口を挟めるはずがない。

……とはいえ、本音をいえば、あまりいい気分ではない。アルバイトとはいえ、正社員並みの給料は払っているつもりだし、それなりの待遇も与えているつもりだ。……なにしろ、大切な個人情報を扱っているのだ、それ相応の待遇でなければ、その個人情報を悪用される恐れもある。かつて、お世話になっていた法律事務所で、アルバイト社員が個人情報を名簿屋に流して、大騒ぎになったことがある。そのアルバイト社員の動機というのが、「重労働の割に、給料が安かった。お金が欲しかった」。彼女はこうも言った。「そして、復讐《ふくしゅう》をしてやりたかった」

笑顔を絶やさない、いい子だったのに。みんなからも可愛《かわい》がられていたし、頼りにもされていた。彼女も「この事務所のチームワークが好きです」だの「仕事にやりがいを感じています」だの言っていたのに。

が、彼女の中ではどす黒い不満と復讐心が育っていたのだ。その事実を知って、心底、人間が怖くなった。

結局のところ、〝金〟なのだ。チームワークだのやりがいだの、そんなの二の次、三の次なのだ。その労働に対する相応の報酬が望めないと判断した時点で、人間は裏切る。……特に、女は。

その教訓を元に、光子は、スタッフには充分なギャラを払ってきたつもりだ。それだけではなく、なるべく残業はさせずに、休暇もたっぷりと与える。しかも、服装も自由。どんなにアバンギャルドな服装でも、咎《とが》めない。

まさに、働き方改革のお手本のようなことを、ずいぶんと前から実施してきた。それを実行するために、光子自身の休暇と、ときには報酬を減らしもした。この夏だって、アルバイトには払う必要がないボーナスを、ポケットマネーで払った。なのに。

「アルバイトのかけもち、しているんです」などと、けろっとした顔でいう。

まあ、確かに。うちの給料では、四百四十万一千円の時計なんて、逆立ちしても無理だろうけど。だからといって。……もやもやした気分を巡らせていると、

「でも、私だけじゃないですよ」

と、永山乃亜が、気持ち悪いアヒル口で言った。

「え？」

「だから、アルバイトをしている人」

「どういうこと？」

が、永山乃亜はそれには答えず、

「で、さきほどの依頼人、なにが、変なんですか？」

と、しれっと話を引き戻した。

光子も思考を切り替えると、相談申し込み書と契約書を眺めながら言った。

「あの依頼人、三十八歳なのよ。小学校受験を控えたお子さんもいらして、生活も充実している。時計はもちろんのこと、あの真珠のネックレスも相当なものよ。たぶん、百万円はくだらない」

「大玉の本真珠でしたもんね」

「そう。しかも、住所は文京区の小日向」

「高級住宅街ですね」

「そう。港区や渋谷区にあるような派手な高級住宅街ではないけれど、知る人ぞ知る、歴史ある高級住宅街」

「元総理大臣の鳩山由紀夫《はとやまゆきお》の実家だった鳩山会館もあったりして」

「そう。さっき、ストリートビューで調べたんだけどね。依頼人の家、鳩山会館の裏手にある一軒家だった。都心にありがちなペンシル住宅ではなくて、立派な庭付き一軒家」

「まさに、本物のお金持ちって感じですね。しかも、堅実なお金持ち」

「堅実なお金持ちって？」

「港区や渋谷区の高級住宅街に住む金持ちって、お金使いが荒い気がします。成金趣味というか。浮かれているというか。だから、服装も立ち居振る舞いも、いかにもザ・金持ち……って感じになりますが、でも、文京区の高級住宅地に住む金持ちは、地に足が着いているというか。割と、地味なんですよね。といっても――」

確かに、先ほどの依頼人も、一見、地味だった。が、よくよく見ると……。

「ヤンキーが着る学ランみたいなところがありますよね。表は黒いけど、裏地が派手……的な？　隠れたところで、お金自慢をしているところがあるというか。そういう意味では、むっつり金持ちって感じですね」

「むっつり……」おもしろいことを言う。笑いをこらえていると、永山乃亜は言った。

「さっきの依頼人は、むっつりを通り越して、ちょっといやらしい感じがしましたね。金持ちであることを隠しきれてない。というか、自慢したくて仕方ない……って感じ。あれじゃ、文京区のママたちには評判悪いと思いますよ」

「そうなの？」

「はい。文京区のママたちは、正真正銘の教育ママで、かつ、リベラル派ですからね。自分とこの収入をひけらかすような真似《まね》は好みません。なぜなら、お金より収入より、子供の教育のほうに重きを置いていますから。子供の教育そっちのけで、アクセサリーや車なんかを自慢するようなママは、間違いなく、ハブにされます」

「言い過ぎじゃない？」

「はい、もちろん、個人的見解です。偏見です」

「いずれにしても。……依頼人の橋中慶子さんは、三十八歳。文京区小日向に住む富裕層。しかも、専業主婦。現状には満足しているはずよ。……なのに、なぜ、初恋の人を探しているのか」

「探しちゃ、いけないんですか？」

「いけなくはないけど。……でも、違和感はある。だって、初恋の人に会いたくなるのって、もっと歳《とし》をとってからよ。子育ても完了し、パートナーにも先立たれて。……人生のゴールがぼんやり見えてきたとき、ふと過去を振り返る。そして初恋の人を思い出すものよ。で、無性に会いたくなる。でも、三十八歳で、そんな心境になるのは、ちょっと早すぎるし、不自然」

「まあ、確かに。でも、初恋の人を思い出すのに、年齢は関係ないんじゃ？」

「思い出すだけなら、いいのよ。でも、わざわざお金を払ってまで探すとなると、話は別。高い費用を支払ってまで探すには、それなりのモチベーションが必要よ」

「それも、そうですね。安くないですものね、人探しの費用は」

「そうよ。今日はご褒美《ほうび》にホテルのラウンジで贅沢《ぜいたく》ランチを……っていう値段じゃないわよ」

「下手したら、うん百万円ですからね」

「そう。いくら四百四十万一千円の時計をしている富裕層だからといって、専業主婦がほいほい出せるような端金《はしたがね》ではないわ」

「なるほど。ふと思い出すことはあっても、そんな大枚をはたいてまで会いたいとは思いませんよね。特に、女性は」

「でしょう？　今までも『初恋の人探し』はたくさんやってきたけれど、ほとんどの依頼人が、五十歳以上の人だった。中には三十代の人もいたけれど。その人は、余命宣告された人で、どんなにお金がかかっても初恋の女性に会っておきたかった人だった。でも、その初恋の女性は、激変。華奢《きゃしゃ》なクラスのマドンナだったのに、現れたのはどすこいなおばちゃん。しかもマルチ商法をしていて、その依頼人、大金を巻き上げられたって。『会わなきゃよかった……』というのが、彼の最期《さいご》の言葉。それを聞いて、私、心底、悪いことしたな……って。初恋は、美しい思い出の宝石箱の中に眠らせておくのが一番なんじゃないか……って」

「それで、やめたんですか？　『初恋さがし』」

「まあ、それも一因だけど、それだけじゃない、いろいろと、あったのよ。初恋の人に会ったがために、人生、狂ってしまった人が。ストーカーになっちゃった人もいたりして」

「ストーカー？　ストーカーはいやですよね……」

「………」

「なんです？」

「ううん。……いずれにしても、そういうトラブルを何件か見て、やっぱり、初恋の人を探すのはやめようって思ったのよ」

「なるほど。でも、今回は、依頼を受けたんですよね？」

「まあ、断る理由もないし。受けたんだけど。……なんか、引っかかるのよね」

「確かに、なにかニオイますね。事件のニオイがする」

「事件？　どういうこと？」

「いえ、特に意味はないんですが。……その仕事、私にやらせてもらっていいですか？」

「え？」

「だって、先生は、大きな仕事を抱えてらっしゃいますし。なにより、あまり乗り気じゃないようなんで」

「そんなことはないけど――」

「勉強にもなりますし。私にやらせてください！　私に、独り立ちのチャンスをください！」

「分かった。じゃ、やってみなさい。でも、無理そうだったら、早めに白旗を上げてね。一人で問題を抱えてはダメよ。ぎりぎりまで問題を隠しておいて、土壇場《どたんば》で『やっぱり、できません！』というのだけはやめてね。そういうのが、一番、困るんだからね」

「はい、わかっています！　ホウレンソウですよね」

ホウレンソウ。「報告、連絡、相談」のことだが、久しぶりに聞いた。若いのに、よくそんな言葉、知っているもんだ。最近では、とんと聞かなくなったというのに。

「先生が、よくおっしゃってましたので」

「先生？」

「はい。……私の先生です」

「……？」

また、はじまった。

やっぱり、この子は不思議ちゃんだ。

でも、不思議でもなんでも、仕事ができればそれでいい。うちは、成果主義な事務所だ。その過程や方法には口は挟まない。

さてと、お手並み拝見といきましょうか。


……とはいえ、やはり心配だ。

光子はその夜、根元沙織をこっそり呼びつけると言った。

「永山さんを、それとなくフォローしてくれない？　なにかあったら、私に連絡して」

「えー、私が？」

不貞腐れた顔をしながらも、彼女の口元は綻《ほころ》んでいる。もっと綻ばしてやろうと、光子は言った。

「私が頼りにしているのは、あなただけなんだから。あなたほど、信頼に値する人間はいない。……ね、だから、永山さんのこと、鍛えてやって」

「しょうがないな……」

根元沙織の表情が完全に綻んだ。

「じゃ、永山さんをフォローするついでに、私なりに、その初恋の人を探してみますね」

「うん、そうしてちょうだい。これが、とりあえずの、資料」

そして、光子は、橋中慶子の個人情報をまとめたレジュメをデスクに置いた。

それを引き寄せると、「なるほど。情報はこれだけなんですね」と、根元沙織が肩を竦《すく》めた。「情報、少ないですね。初恋の先生がいた学校の名前すら、分からないんですか？」

「そうなのよ」

「自分が通っていたのに？」

「当時の記憶、ほとんどないんですって」

「つまりこれは、橋中慶子さん本人の過去を調べる仕事でもあるんですね」

「そうなるわね」

「なにか、ニオイますね……」

「え？」永山乃亜と同じようなことを言う。「事件のニオイってこと？」

「事件というか。……いずれにしても、まずは、彼女が通っていた学校を探すところからはじめます。たぶん、難しくはないと思います」

「どうするの？」

「ストレートにいきます。彼女の両親に、直接アタックします」

「でも、初恋の人を探していることは、誰にも知られたくない……というのが、依頼人の強い希望よ。大丈夫?」

「はい。……たぶん、大丈夫です」

+

「え? 調査事務所?」

北林園子《きたばやしそのこ》は、つい、周囲を見回した。が、ここは安全な自宅だ。夫はついさきほど出かけて、今は自分一人だ。誰に聞かれる心配もない。

「調査事務所って? どういうことです?」

これは、新手の振り込め詐欺《さぎ》かもしれない。園子は、慎重に言葉を選びながら言った。「電話番号、お間違えではないですか? 私には心当たりはありませんが」

「あ、興信所といったほうが、分かりやすいでしょうか」

「興信所?」

結婚相手や社員などの素行を調べる機関? そういえば、大昔、従妹《いとこ》の婚約者の親族から依頼されたという興信所から、連絡が来たことがあった。従妹の経歴が本物かどうかを調べるためのものだったが、そのときはなんて失礼な……とうっかり電話を切ってしまった。そのせいなのかどうか、その結婚は流れてしまい、従妹からも逆恨みされてしまった。どうやら、不親切で怒りっぽい親族がいると、先方に伝わってしまったらしい。

つまり、こういうことだ。従妹の経歴もさることながら、親族の人となりを確認するために、興信所を使ったのだ。それを後から聞き、背筋が凍る思いだった。

そんな経験もあったせいか、〝興信所〟と言われた途端、園子の背筋がぴんと伸びた。

そして、先ほどより声のトーンを上げて、心持ち丁寧な口調で言った。

「興信所さんが、どのようなご用件で？」

「娘さんのことなんです。橋中慶子さんのことで、お聞きしたいことが」

「慶子？」

慶子という名前を聞いて、さらに背筋が伸びる。

「あ、あの、慶子がいったい……？」

「いえ。正確には、慶子さんの娘さんのことなんですが」

「真緒《まお》ちゃん？」

「そう、……マオさんのことです」

「真緒ちゃんがどうしました？」

大切な孫の名前を出されて、園子の背筋はますます伸び、反り返るほどだった。

「マオさん、今度、小学校を受験いたしますよね？」

「ええ、はい。……第一志望は、文京区の茗荷谷学園初等部です」

「そのミョウガダニガクエンから依頼がありまして、今日はお電話したんです」

「え！」

園子の背筋が、バク転でもするかのように反り返る。

「なんで、茗荷谷学園が？」

「受験されるお子さんが、しっかりしたご家庭なのかどうか、調べるためです」

「うちは、しっかりしていますよ。うちの主人は元銀行員、都市銀行に長年勤めてまいりました。私だって、専業主婦として、主人を支えてまいりました。主人も私も、後ろめたいことは一切ございません」

「ああ、はい。なるほど。では、慶子さんご本人は？」

「慶子の夫は、大手予備校の講師。ただの講師ではありません。カリスマ講師で、年収は五千万円ほどだと聞いています。慶子は専業主婦ですが、フラワーアレンジメン

ト と着付けと書道の免許を持っております」

「なるほど。慶子さんの学歴を伺ってよろしいですか？」

慶子の学歴？　それも申し分ない。なにしろ、名門の桜光高校を卒業したあとは、難関の水道橋女子大学に入学し……。

「小学校のこと、お伺いしてよろしいでしょうか？」

「え？」園子の体はかたまった。

……小学校。それを聞かれると、弱い。なにしろ、慶子が小学校の頃は夫が転勤続きで、公立の学校に通わせるしかなかった。……しかも、六回。一年に一度は転校していた格好だ。……これって、なにかのマイナスポイントになるんだろうか？　どきどきしながらも、園子は答えた。でないと、かえって印象を悪くすると思ったからだ。

「小学一年生のときは川崎市立鹿島田《かしまだ》小学校、小学二年生のときは沼津市立富士見小学校、小学三年生のときは大阪市立浪速《なにわ》第四小学校、小学四年生のときは浦和市立東浦和小学校――」

「小学四年生のときは、ヒガシウラワ小学校だったんですか？」

「え？　……はい」

「わー、私もそうなんです」

「え？」

「奇遇ですね！　もしかしたら、慶子さんと同じクラスだったかも」

「…………」

「慶子さんは、なにクラスでしたか？」

「えっと」

そこまで答えるべきなのだろうか。でも、答えないことでマイナスポイントになったらまずい。園子は、受話器を握りなおすと言った。

「確か。……五組だったと」

そう、忘れもしない。慶子は、東浦和小学校の四年五組だった。他の小学校のことはそこまで覚えていないが、これだけはしっかり記憶にとどめている。なぜなら、このクラスにいたとき、慶子はひどい事故に遭っているからだ。

あのときの光景は、忘れられない。今も夢に見るほどだ。

夏休みを翌日に控えた、終業式の日。給食がないその日は、お昼までには戻ってくるはずだった。だから、サンドイッチを用意して待っていた。が、待てど暮らせど、慶子は帰ってこない。……帰ってきたのは、午後五時過ぎ。

慶子の下半身は血だらけで、下着はところどころ破れていた。

初潮がきたのかと、慌《あわ》てた。

が、違った。慶子は、慶子は……。

急いで医者に連れて行こうと思ったが、慶子の今後のことを思うと、ためらわれた。医者や看護師には守秘義務があるとはいえ、やはり人間だ。人の口に戸は立てられない。なんだかんだ、そのことが世間に漏れてしまうだろう。それに、当の慶子が、病院には行きたくないといって泣いた。そして、部屋に閉じこもってしまった。

これは、秘密にしておかなくてはならないと、咄嗟《とっさ》に思った。夫にも黙っておかないと。

まさに、泣き寝入りだ。

が、それが最善だと思った。今も、そう思っている。

それに、慶子自身が、幸か不幸か、そのときの記憶をすっかりなくしてしまっている。

強いショックが原因の、一種の健忘症なのだろう。翌日になると、けろっとした顔で、部屋からでてきた。それとなく、前日のことを聞いてみるも、「なに、それ？」とまったく知らない様子だ。それでも、油断はならなかった。フラッシュバックするのか、慶子の様子がふとおかしくなるときがあった。一度なんか、なにかから逃げるように窓から飛び降りてしまった。二階からで、さらにその下は茂みだったから大事にはならなかったが、そのときの傷が、額の生え際《ぎわ》にまだある。その事故をきっかけに、慶子の当時の記憶は完全に消失してしまったようだが、念には念を……ということで、夏休みの間は、夫の両親のもとに預け、夏休みが明けても、学校になるべく行かせないようにした。そうしてその年の十月、運よく夫の転勤が決まり、慶子も新しい学校に行くことになった。それからは、慶子はすっかり元気を取り戻した。憂いを見せることも、なにかに怯《おび》えることもなくなった。ずっと悩まされていた十二指腸潰瘍からも解放されたようだった。

だから、これでよかったのだ。あのとき、秘密にしておいて、よかったのだ。……そう、これでよかったのだ。

「……あの、すみません。私、ちょっとめまいがするんです」

それは、嘘《うそ》ではなかった。園子は、あのときのことを思い出すと、必ずめまいを覚える。園子も園子で、あのときの慶子の血だらけの姿が、トラウマになっている。

「……すみません。本当に、めまいがするんです。なので、今日は——」

「あ、大丈夫ですか？　すみません、お時間を取らせてしまって。ご協力、ありがとうございました」

「本当に申し訳ありません。また、日を改めてお電話くだされば――」

「いえ、その必要はありません。だいたいのことは分かりましたので。……では、失礼します」

＋

江東区、豊洲《とよす》、高層マンション三二〇八号室。

太田《おおた》弓華《ゆみか》のスマートフォンに着信があったのは、日曜日の夕方だった。

ようやく赤ん坊を寝かしつけたところだ。弓華は間髪容《い》れずに、電話に出た。

「久しぶり、元気だった？　私よ」

その声は、実家の近所に住む幼馴染《おさななじみ》のカナコだった。同い年で、小学校から中学校までは同じ学校に通っていた。が、高校で離ればなれになり、社会人となって実家を出てからは、とんとご無沙汰《ぶさた》だ。数年に一度、同窓会で会うぐらいだ。が、その特徴のあるダミ声は、長年ご無沙汰していても、すぐにそれと分かる。

「聞いたよ、赤ちゃん、生まれたんだって？　おめでとう！」

もう半年前のことだけど。なんでこのタイミング？　さては、赤ちゃんのことは口

実で、他に用事があるのだろう。案の定、

「ね、ちょっと気になることがあったんだけど」

と、カナコは声の調子を落とした。

「昨日ね、調査事務所の人から電話があったのよ」

「調査事務所？」

「いわゆる、興信所」

「興信所？」

弓華の足が、かすかに震える。興信所といえば、人を捜したり、……その人の信用を調査したり。

「なんで、興信所から？」

弓華は、息をのんだ。そして、そんなことをする必要もないのに、トイレに駆け込んだ。

「まさか、私のこと、調べているの？」

「弓華のことを？　なんで？」

「ううん、なんとなく」

「いやだ。なにか、心あたりあるの？」

「ううん、そうではなくて――」

「安心して、弓華のことじゃないから。……ね、小学校四年生のときの担任のことだけど」

「え？　小学校四年生のときの――」弓華は、そっと瞼《まぶた》を閉じた。そしてぐるぐると頭の中の年表を繙《ひもと》いていると、小太りのおっさんの姿が現れた。おっさんといっても、実はれっきとした女性だ。が、いつもジャージ姿で、まるでおっさんだった。なので、あだ名は、おっさん先生。

「ああ、おっさん先生！」

弓華は、久々に、そのあだ名を口にした。すると、芋蔓《いもづる》式にずるずると、記憶が掘り起こされる。

「あの先生、しょっちゅう、出張してたよね。出張っていってもそれは口実で、研修に出ていたんだよね。教頭試験に三年も落ちていて、必死なんでしょう……って、うちの母親がよく言ってたわよ。……で、そのおっさん先生がどうしたの？」

「ううん、おっさんのほうじゃなくて。イケメンのほうよ」

「え？　イケメン？」

「ほら。期間限定の臨時の副担任がいたじゃない。イケメンで、女子がきゃーきゃー言ってた人」

「ああ。そういえば、いたかも。でも、よく覚えてないけど――」

嘘だ。よく覚えている。大学を卒業したばかりの、イケメン。とはいえ、その学校限定のイケメンで、他の先生が年輩者ばかりだったので、若いというだけでイケメンに映っていただけだ。実際、学校外で何度か見かけたことがあるが、その姿は冴《さ》えない、ひねくれた浪人生のようだった。イケメンのオーラなどひとつも感じられなかった。なのに、学校の門をくぐったとたん、イケメンというオプションがつくのだから、〝先生〟という肩書の特異性を思い知ったものだ。

実を言えば、弓華もこっそり、ラブレターのようなものを送った口だ。といっても、仲のよかった子の代わりに……だが。いつもはひょうきんなその子は、イケメンの前にでるとなぜか無口になり、自分の思いを伝えられない。だから、弓華が恋のキューピッドを買って出た。……今となっては、黒歴史だが。

「で、そのイケメンがどうしたの?」

「興信所が探しているのが、そのイケメンなのよ。でも、あの人がいたのは短い間だったじゃない? 確か――」

「四月から十月まで」

「そうそう。夏休みも挟んだから、正味五ヶ月ぐらい？」

「うん、半年もなかったね」

「だから、私、名前をよく覚えてなくて。……ね、なんて名前だったっけ？」

「え？　……」

そういえば、なんて名前だったろう？

えっと、えっと……。

「やっぱ、覚えてない？」

「うーん、喉《のど》まででているんだけど——。あ、確か、K大卒だったよね」

「そうそう。K大卒業のおぼっちゃま。K大付属の幼稚舎からだから、生え抜きのK大ボーイ」

「確かヨット部！」

「そう！　ヨットの王子様に選ばれたこともあるって、自慢してたよね！」

「逗子《ずし》に別荘があるとかなんとか、言ってなかった？」

「うん、言ってた！　確か、お父さんが実業家で……」

「お金持ちだったのは、間違いなかったよね。子供の目から見ても、高いんだろうな……と分かる、いい服、着てたもん」

「高そうな一眼レフカメラも、学校によく持ってきていたよね」

「そうそう、授業の様子とか、しょっちゅう撮ってたよね！」

「お気に入りの子は、単独で撮ってもらっていて。羨《うらや》ましかった！」

……などと、周辺の情報は続々と思い出すのに、肝心の名前が、どうしても出てこない。

ああ、もやもやする！

「でも、どうして、イケメンのことを探しているの？　その興信所は」

「私も何度も聞いたんだけど、それは教えてくれなかった。依頼者の守秘義務ってやつみたい」

「……そうか」

「きっと、依頼者は、イケメンの婚約者かなんかじゃないの？　で、信用調査しているとか」

「……信用調査？」

「そう。または、もうすでに結婚していて、イケメンの素行調査しているのかも。その一環で、過去のことも調べているとか？」

「……素行調査？」

「だから、浮気よ、浮気。興信所の仕事で一番多いのは、浮気調査らしいよ」

「……そうなの？」

「あと、最近多いのは、子供が本当に自分の子か？という調査なんだって。DNA鑑定をする前に、その可能性があるかどうかを調べるんだって。DNA鑑定したら一発なのに、やっぱり、どこかでパートナーを信じていたいんだろうね。だから、DNA鑑定は後回しにして、まずはアナログな素行調査をするんだってさ」

「……へー、そうなの」

「それにしても。イケメン先生、今、どうしてんだろうね」

「ほんとうね……」

「会いたい？」

「まさか！」

弓華は、大きく頭を振った。……間違っても、会いたくない。街で偶然、遭遇しても、たぶん、逃げるだろう。

「だよね」

カナコがしみじみと、同意した。

「今思えば。あのイケメン先生、ロリコンだよね」

そう。当時は気がつかなかったが、イケメンの言動は、ロリコン趣味のそれだった。自分も何度か体を触られたが、今思えば、ただのスキンシップなどではない。明らかな猥褻《わいせつ》行為だ。……だいたい、裕福なおぼっちゃんが、わざわざ小学校の先生になることじたい、ちょっと不自然だ。しかも、郊外の公立小学校。なにか、特別な目的があったとしか思えない。

「まあ、いずれにしても。興信所、弓華のところにも電話してくるかもしれないから」

「え？　私のところに？　この番号、教えたの？」

「まさか。でも、実家にはかけると思うんだよね。だって、当時の連絡網をどこから手に入れて、片っ端から電話をかけているみたいだから。で、うちにもかかってきたと。私、数少ない地元組だからさ。根ほり葉ほりいろいろと聞かれて、もうぐったりよ」

連絡網。当時は、ばっちり電話番号が載っていたっけ。ほんと、個人情報もなにもあったもんじゃない。

あ。泣き声がする。弓華は、スマートフォンを持ち替えた。

「なんか、子供が起きたみたいだから」

「あ、大変。早く、行ってあげて」

「今日は、久々に声が聞けて、嬉《うれ》しかったよ」

「私も。また、会おうね」

「うん。実家に戻ったら、また連絡する」

などと言ってはみたが。たぶん、会うことはないんだろうな……と弓華は思った。だって、実家にはあの姉が居座っている。あんな面倒な姉がいる実家になんか、半日だっていたくない。……心の隅で悪態をつきながら、弓華は、ベビーベッドに駆け寄った。

可愛い赤ちゃん。……本当に可愛い。特にこの鼻。いい形してる。……残念なのは、唇。まるで、いかりや長介《ちょうすけ》。

でも、夫にはなにひとつ、似ていない。

どこを探しても、夫との共通項は、この子からは見出《みいだ》せない。

今はまだ、夫は気がついてないようだが。……それも時間の問題かもしれない。事実、義母にはそれとなく、言われたことがある。「いったい、どっちに似たのかしら？」

が、今はそんなことより、この子がどうしたら泣きやむかだ。

弓華はとりあえず、おむつを探した。

＋

さいたま市、浦和。

鈴木《すずき》紀子《のりこ》の家に固定電話のベルが鳴り響いたのは、月曜日の昼下がりだった。

他の日ならば、この時間は仕事だ。が、職場の図書館は今日が休館日。のんびりとしていたところだった。

紀子はいわゆるパラサイトシングルで、四十二歳だが、結婚歴はない。予定もない。趣味はK―POPグループの追っかけで、今日も休日だというのに部屋に引きこもり、お気に入りのファンサイトを朝から巡っている。

だからといって、罪悪感はない。仕事はちゃんとしているのだし、生活費だって入れている。両親も、いまや咎めることはない。妹と弟が家を出た今、むしろ頼りにされている。この家をついでくれ……と遠回しにも言われている。

そんな気はさらさらないけど。だって、築六十年の一軒家。あともう少し古ければ古民家などともてはやされるのかもしれないが、中途半端《はんぱ》に年だけ食った、古い家だ。

ここ数年、リフォームしなくちゃな……というのが、両親の口癖だ。たぶん、リフォーム代を少し出してくれ……と言っているのだろうが、冗談じゃない。そんな金があれば、韓国に行く。先月も行ったばかりだが、今こうしているあいだにも行きたくてうずうずしている。

電話のベルが、まだ鳴り響いている。

「ちょっと、誰かいないの？　電話！」

誰もいないようだった。

ああ、そうか。父も母も、妹のところか。半年前、妹の弓華に女の子が生まれた。両親にとっては初孫だ。紀子にとっては、はじめての姪《めい》っ子。だからといって、感慨はなにひとつない。こんな面倒な世界に生まれてご愁傷様。せいぜい、面倒に巻き込まれないように、分厚い殻をまとって自分を守ってね。……そんなふうにしか考えられない。だって、妹は、とんだビッチ。しおらしい嫁を演じているが、結婚前はもちろん、結婚後も、こっそり六本木あたりで遊びまくっている。あの子は昔からそうだ。外面《そとづら》はいいが、その内面は性悪女。セックス大好きの尻軽《しりがる》女だ。内緒でＡＶにだって出演したことがある。そのＡＶをたまたま見たときは、度肝を抜かれた。相手はいかりや長介に似たＡＶ男優。……そんな女が産んだ子だ。夫が父親である可能性は極めて低い。

それでも、両親は初孫が嬉しくて仕方ないようで、なんだかんだと、毎日のように妹のところに行っている。

ということで、今、電話をとることができるのは、紀子だけだった。

面倒臭いな。いったい、誰なのよ。このご時世、固定電話なんかにかけてくるヤツは、どうせ、振り込め詐欺か勧誘でしょ？　ろくな相手じゃない。

無視していたが、そのベルは想像以上に長かった。このまま放っておいたら、一日中鳴っているだろう。

ああ、うるさい！

と、クッションで耳を塞《ふさ》いだとき、「あ」と思い出した。

もしかしたら、ファンクラブからの電話かもしれない。あ、そうだ。前も、韓国で行われるファンの集いに当選したとき、固定電話が鳴った。そのファンクラブはなりすましの会員を排除するために、携帯電話の番号はもちろん、固定電話番号の登録も必須《ひっす》としている。

やばい、やばい、やばい。

早くでなくちゃ！

と、階段から転げ落ちる勢いでリビングに下りると、紀子は受話器をとった。

「はい！　鈴木です。鈴木紀子です！」

「……スズキノリコさんですか？」

「はい、私が、鈴木紀子です」

「あの……私、ミツコ調査事務所の者なんですが」

「……調査事務所？」

つまり、興信所ってこと？　紀子の勢いが、一気にそがれた。その代わりに、警戒の緊張で肩がいかる。間に合ってます……と受話器を置こうとしたとき、

「あ、妹さんのことで、お聞きしたいことがあるんです」

と、電話の主はすがるように言った。

「……弓華のことで？」

「あ、そう、そうです。ユミカさんのことで」

紀子は、そばにあったスツールを引き寄せると、そこに腰を落とした。

「弓華が、どうしたんですか？」

紀子は、好奇心を押さえ込みながら訊《き》いた。

興信所が、弓華のことを探っている。

もしかして、妹の悪行が、バレたんだろうか？

表向きは、優等生で両親のお気に入りの弓華。有名女子校を出て、有名大学を出て、有名企業に入社して、順調に出世して、三高（高収入、高学歴、高身長）の年下のイケメンを捕まえて、ウォーターフロントのタワーマンションに住んでいる弓華。

でも、その正体は。……自らＡＶにも出ちゃうような、最強のセックス大好き肉食女子《ビッチ》。

その正体をバラしてやろうかと、今まで何度思ったことか。でも、そんなことを私が言ったとしても、誰も信用してくれない。かえって、嘘つき女と、罵《のの》られるだけだ。だから、我慢してきた。……きっといつか、私以外の誰かが妹の正体を暴《あば》いてくれるはずだ。その日まで、待とう。……そう言い聞かせて、ずっと我慢してきた。そして、いよいよ、その日が来たんだ！　妹の化けの皮が剝《は》がれるときが！

紀子は、ときめく胸を押さえながら、繰り返した。

「弓華が、どうしたんですか？」

「妹さん、東浦和小学校ですよね？」

「はい。そうですが。本当は、私立小学校を受験したんですけどね、落ちたんですよ。で、仕方なく、近所の公立に」

「妹さんが小学四年生のとき――」

「小四のとき？」

「クラスメートに北林慶子さんという子がいたと思うんですが。もしかして、なにかご存じのこと、ありますか？」

「……けいこ？」

「はい。……あ、分からなければそれでいいんですが」

「ううん、ちょっと待って。なんか、覚えている。その子、もしかして、転校生？」

「はい、転校生です」

「ああ、たぶん、分かります。妹とは割と仲がよくて、何度かうちに遊びに来たことがあったんで――」

……妹からも、よく話を聞いていました、その子のことは。

慶子ちゃんは本当におもしろいんだよっ！　って、夕食のときに、ちょこちょこ話題にしていました。

だから、よく覚えています。

確か、ゴールデンウィーク前に転校してきて、そしてその年の十月に転校しちゃいましたから、妹とクラスメートだったのは、半年ぐらいのことなんですが。しかも、夏休みを挟んでましたから、正味五ヶ月？　ううん、最後のほうはほとんど学校に行ってなかったようだから、三ヶ月ぐらいのつきあいでしょうか。でも、妹の記憶にはしっかり刻み込まれたみたいで。

妹が言うには、転校してきた初日から、やたらと目立っていたようです。

なんか、変な子が来たな……って思ったそうです。

ご存じないかもしれませんが、この辺は教育熱心な人が昔から多い地域で、公立小学校といえども、有名私立小学校並みのクオリティなんです。特に東浦和小学校は、教育熱心な人には有名で、わざわざ越境してくる人もいるぐらい。東浦和小学校の学区というだけで、マンションや家が飛ぶように売れちゃうんだそうです。

学力も、国内トップクラス。放課後の補習には、有名塾の講師なんかを呼んで。そりゃ、もう、ほんとうにスパルタな公立小学校なんです。

だから、休み時間なんかも率先して自習しているようなまじめな学童ばかりだったんで、大阪から転校してきた慶子ちゃんは異色だったそうです。その関西弁なまりもそうですが、本場大阪じこみのお笑い芸が、浮きまくっていたそうです。妹なんかは面白がってシンパになってましたが、そうでない子のほうが圧倒的で。

だから妹も、慶子ちゃんとはクラスではほとんどしゃべらずに、学校の外でこっそり遊んでたようです。……妹はそういう人間なんですよ。表と裏があるんです。

……え？　いじめ？　慶子ちゃんがいじめられていたかって？

いじめとはまた違うと思いますね。東浦和小学校の校風と慶子ちゃんのキャラが合わなかっただけだと思います。

妹曰《いわ》く、それでも慶子ちゃんは、しつこく、お笑い芸を披露するんですって。いやがる若い女性の前で、だじゃれを言いまくるおっさんのように。だから、鬱陶《うっとう》しがられて、クラスの誰もが距離を置いていたそうです。

妹ひとりが、ケラケラ笑うだけで。

うちの妹って、ちょっと、笑いのセンスが昭和なんですよ。ドリフターズとかクレイジーキャッツとか、古い映像を見るのが好きで。おじいちゃん子だったせいかもしれません。

いずれにしても、うちの妹だけは、慶子ちゃんのシンパでした。といっても、学校内ではしゃべらないというのですから、卑怯《ひきょう》なシンパですけどね。まったく、あの子は昔からなんです。表と裏がありまくりなんです。我が妹ながら、恐ろしいです。

で、慶子ちゃんなんですが。

夏休みを過ぎた頃から、学校に来なくなったんですって。妹も、慶子ちゃんの話はいっさい、しなくなった。不思議だったんですが、この年頃の女子の人間関係なんて、そんなものです。昨日の親友は今日の敵。流動的なので、私は特に気にしませんでした。

ところがです。あるとき、こんな噂《うわさ》を聞きつけました。

「東浦和小学校の女児の裸体写真が出回っている」と。

当時、私は地元の公立中学校に通っていたんですが、男子生徒が持っていたエロ雑誌が噂の元でした。

そのエロ雑誌には投稿写真のコーナーがあって、問題の写真は、そのページに載っていたそうです。

当時は、まだまだ未成年の猥褻画像にはおおらかな時代で。とんでもないロリコン写真が雑誌に載ることもあったんです。

いずれにしても、その写真は大問題になりました。だって、明らかに、東浦和小学校の教室内で撮られた、猥褻画像でしたから。しかも、被写体は、慶子ちゃんでした。

……私も見ましたが、間違いなく、慶子ちゃんでした。……ショックでしたね。

慶子ちゃんが学校に来なくなった理由はこれか……と思いました。

……で、慶子ちゃんはそれからすぐに転校して。学校側は、これ幸いと、そのことについては完全スルーを貫きました。そして、慶子ちゃんの存在も、投稿写真の存在も、完全に削除《デリート》してしまったのです。

でも、それでいいと私も思います。下手に大騒ぎして、慶子ちゃんのことが公《おおやけ》になるほうが問題だと思います。一生の傷になりますよ。人生台無しですよ。

隠蔽《いんぺい》や隠匿《いんとく》は悪いことだと思われがちですが。でも、そうでないことも、この世の中には多いと思うんです。なんでもかんでもお天道様《てんとうさま》の下《もと》に引きずり出して、詳《つまび》らかにするっていうのは、むしろ、悪趣味だと思うんですよね。

……そうは思いませんか？

＋

「……え、つまり、どういうこと？」

その報告書を手に、山之内光子は激しく動揺した。

〈橋中慶子様ご依頼の件〉と題されたその報告書には、なんとも残酷な真実が暴かれている。

「つまり、橋中慶子さんの初恋の人はロリコン野郎で、橋中慶子さんは、小学四年生のとき、その毒牙《どくが》にかかった？」

「そうみたいですね」根元沙織は、表情を歪《ゆが》めた。「しかも、その初恋の人の正体は――」

「ああ、なんて残酷な！」光子は、報告書をデスクに投げおくと、頭を抱えた。

根元沙織も、同じように頭を抱えた。そして大きなため息を吐き出すと、

「橋中さんは、そのときのショックで当時の記憶をなくしたんだと思います。一種の防衛本能からでしょうね」

「そうね。記憶をなくすっていうのは、自分を守るためでもあるって聞いたことがある」

「なので、……私はこのままにしておいたほうがいいと思うんですが、ミツコ先生はどう思われますか？」

「このままって？」

「だから、初恋の人の消息は解《わか》らず……で、手打ちにしたほうが、ご本人のためだと」

「それもそうね。……でも」

逡巡《しゅんじゅん》していると、勢いよくドアが開いた。

永山乃亜の登場だ。

相変わらずのメイド姿。これで調査できるのか？ とも思うのだが、案外、できるようだ。メイド姿に気を取られ、調査相手が油断するんだそうだ。それで、うっかり口を割る人もいるというのだから、なにが功を奏するかは分からない。

永山乃亜が、意気揚々と、光子のそばまでやってきた。そして姿勢を正すと、まるで上官に接する兵士のように言った。

「橋中慶子さんの件、報告終了しました！」

「えぇーっ？」「えぇーっ？」

光子と根元沙織は、発情期の鶴《つる》のような声を同時に上げた。

「報告、終了って。……どういうこと？」

光子が、恐る恐る尋ねると、

「ですから。橋中慶子さんに、初恋の人の正体と所在を報告してきました！」

「マジでーーっ？」「マジかーーっ？」

光子と根元沙織は、またもや同時に、発情期の鶴のような声を上げた。

「どうしたんです？ お二人とも」

「いや、ちょっと待って」光子が、ようやくまともな言葉を口にした。「報告ってどういうこと？　橋中慶子さんに、直接報告したってこと？」

「はい！　たった今、報告書をお渡ししてきました！」

「たった今って。……私、聞いてないわよ？　そもそも、報告書だってチェックしてないわよ？」

「えー、所長がチェックするんですか？」

「当たり前じゃないの！」

「あー、すみません！　これから、気をつけます！」

「って、なに言ってんの！　〝ホウレンソウ〟でしょう、〝ホウレンソウ〟！」

「あー、そうか！　うっかりしてました！」

「ちょ、ちょ、ちょ……」

「でも、安心してください！　調査費用はちゃんとお支払いしてくださるようです。今から請求書を作りますんで、完成したらチェックをお願いしまーす！」

＋

「あ、思い出した」

その夜、いかりや長介似の赤ん坊をあやしていた弓華は、唐突にその名前を思い出した。

小学校四年生のとき、臨時の担任だったイケメン。

「……橋中だ。橋中友樹《ともき》だ！」

+

「疲れてない？　大丈夫？」

どこからともなく聞こえてくる、その声。

「疲れてない？　大丈夫？」

それは、遠い夏の日。

「疲れてない？　大丈夫？」

橋中慶子は、飛び起きた。

心臓が、どくどく、痛い。

顔が、ぽっぽと、熱い。

隣を見ると、夫が幽《かす》かな鼾《いびき》をかきながら、幸せそうに寝入っている。

慶子は、時間をかけてゆっくりと息を吐き出した。

なんとかしなくちゃ。

今日こそは、なんとかしなくちゃ。

なんとかしなくちゃ！

そして、夫の口からマウスピースを取り出すと、枕《まくら》を夫の顔にそっと押し当てる。

「死ね」

そう呟《つぶや》くと、慶子は枕に当てた手に力を込めた。

＋

「ミツコ先生、見てください、これ！」

デスクにつくなり、根元沙織がすっ飛んできた。その手には、スマートフォン。

表示されているのは、ニュースサイトだった。

『……予備校で古典を教えるカリスマ講師・橋中友樹さん（52）が、自宅の寝室で死んでいるのがみつかった。発見したのは妻で、朝起きたら死んでいたという。橋中さんは睡眠時無呼吸症候群を患《わずら》っており、睡眠時にはマウスピースを装着するのが常だったが、その夜は酔っていたため、マウスピースをせずにそのまま寝入ってしまったという』

「橋中友樹って……」

「そう、橋中慶子さんの旦那《だんな》さんですよ！　そして、慶子さんの初恋の人で、なおかつ小学四年生の慶子さんを汚《けが》したロリコン野郎です」

「……まさか」

「ええ、私も同じことを考えてました。自分の夫が、自分を汚したロリコン野郎だということを知って、それで──」

「ころ──」

が、光子はここで口を閉ざした。すると、

「慶子さん、よかったですね」

そう、口を挟んできたのは、永山乃亜だった。

「これで、安心したんじゃないですか」

「どういうこと?」光子が恐る恐る尋ねると、

「だって、慶子さん、とても悩んでらしたもの。夫がいつか娘に手を出すんじゃないかって。いや、もう、出しているんじゃないかって。……それで、色々と、相談にのっていたんですよ、私」

「……どういうこと?」

「慶子さん、旦那さんがあのときの先生だということを、本当に知らなかったみたいなんです。そのときの記憶はすべて失っていましたから。でも、ここにきて、なんとなく夫の言動が気になってきたんですって」

「……だから、どういうこと?」

「まあ、たぶん、橋中友樹は、自分の教え子だったことを知って、慶子さんに近づいたんだと思います。気持ち悪い話です。光源氏気取りだったんでしょう」

「光源氏?」

「光源氏も、幼い紫の君を無理やり自分の妻にしちゃったじゃないですか。一度、橋中友樹をテレビで見たことがありますけど。……そのときも、紫の君の話を熱心にしてましたっけ。男のロマンだとかなんとか」

「……男のロマン」

「ね、気持ち悪いでしょう？　しかもですよ。記憶を失った慶子さんをなんやかんやと刺激して、過去の記憶を引き出そうとしていたんです。光源氏以上のど変態です。ほんと、悪趣味。……正真正銘の変態なんでしょうね」

「………」

「〝先生〟って、変態が多くてイヤになります。私の知っている先生も、変態で。……まあ、私のことはどうでもいいんですけど。いずれにしても、慶子さんに、私、同情しまくっちゃいまして。なんとか助けてあげたいな……と思いまして、色々と相談に乗っていたんです」

「……相談？」

「初恋の人がロリコン野郎で、しかも今の夫だと知ったときは、もう雷に打たれたような顔をしてましたね。

でも、なんとなく、そうじゃないか？　とも思っていたようなんです。それを確認するために、うちに依頼したんですって。

心のどこかで疑いながら、でも信じてもいたんでしょうね。だから、ずっと悩んでらした。

でも、さすがに母親です。そうと分かったら、決断も早かった。早速離婚の準備にとりかかりました。でも、離婚となると、娘の受験に響くんじゃないかって、心配もされていて。……それで、色々とアドバイスを」

「……アドバイス？」

「まあ、これで、めでたしめでたしですね。病死なら、娘さんの受験にも差し支えないだろうし。大団円《だいだんえん》ですよ」

そう言いながら、永山乃亜がこれみよがしに左手を振り上げた。その手首には、キラキラの時計。

そう、四百四十万一千円の時計。橋中慶子がしていた時計だ。

「分かっちゃいました？　お礼にいただいたんです。……ようやく、手に入れたんです！」

そして、永山乃亜は破顔した。

センセイ

原稿完成日 2019.01.30

私は、一昨年の夏、姉をなくした。姉の名前は、山之内光子。

姉といっても、長らく離れて暮らしてきたせいか、姉妹という実感はまるでない。事実、私は姉のことを〝ミツコ先生〟と呼んできた。だから、ここでも、〝ミツコ先生〟と呼びたい。

ミツコ先生は、高田馬場で『ミツコ調査事務所』という調査会社を立ち上げていた。いわゆる興信所で、スタッフ全員が女性というのが受けたのか、なかなか繁盛《はんじょう》していた。有名な事件に繋《つな》がった案件もある。『エンゼル様事件』、『トムクラブ事件』などなど。スタッフも常時五人から六人を抱え、それでも足りなくて、繁忙期には臨時のアルバイトも数人雇うほどだった。私も陰ながらミツコ先生を助けてきた。

さて、ミツコ先生と私が、姉妹でありながら長らく離れて暮らしてきた理由について、まずは簡単に説明しておきたい。

私たちの母というのが奔放な女性で、結婚前も結婚後も複数の男と関係を持った。それが理由で、一回目の結婚は破綻《はたん》、子供たちは離ればなれになり、ミツコ先生は、父親に引き取られた。父親はその後再婚、温厚で貞淑な妻を持ち、ようやく幸せな生活を手に入れたと聞く。ミツコ先生も地元で一二を争う進学校に進むような優等生街道をまっしぐら。司法試験浪人を経験するものの、その人生は概《おおむ》ね、成功者のそれである。

一方、母親に引き取られたほうは、散々だった。母のその性格が災いして、二度の再婚、さらには、四人の内縁の夫。もう、めちゃくちゃである。子供たちがどんな憂《う》き目にあったかは、ご想像通りである。まったく、ビッチな母親を持つと、子供には不幸しかない。

ビッチといえば。こんな調査依頼があった。

娘を探してほしいという依頼である。依頼者は、元テレビマンの住吉隼人。学生の頃、関係を持った女性との間に娘を儲《もう》けたもののずっと放置してきた。が、ガンを宣告され、最後に父親としての責任を果たしたい。認知をして、自分の死後、財産を相続させたいと。ミツコ先生は、住吉隼人の言葉をすっかり信じ、娘を探し出した。

が、私は思ったものだ。母親は複数の男性と関係するようなビッチ。本当に住吉隼人の娘かどうかは分からない。確認したくても、母親は死亡。そう、母親はその数ヶ月前に死んでいた。なにかきな臭い。これはＤＮＡ鑑定が必要なんじゃないか？　が、ミツコ先生は言った。

「遺伝子的な問題ではない。父親が自分の子供だと信じていれば、それでいい」と。

そして、ミツコ先生は、認知の手続きの手伝いまでした。ミツコ先生は、そういう人間なのだ。調査事務所を運営している身であるというのに、人の言葉を信じやすい。それで上手《うま》くいくこともあっただろうが、大失敗することもあった。

このときは、大失敗した口である。住吉隼人は、娘が未成年であるのをいいことに、一方的に認知。これで親子関係は成立、もし、娘が死んだ場合は、その莫大《ばくだい》な遺産は住吉隼人のものになる。……そして、実際、その通りとなった。娘はあっけなく死亡、三十五億円の遺産は、住吉隼人のものとなった。

……母親、娘と、なぜ立て続けに死んだのか。これは、一種の財産乗っ取りではないのか？　私はそう思ったが、ミツコ先生は、早々と手打ちにしてしまった。

ミツコ先生は、そういう人間なのだ。事なかれ主義。〝先生〟とよばれる職業にありがちな性質だ。

ちなみに。莫大な遺産を手に入れた住吉隼人は、今や行方知れず。殺害されたとも言われているが、その疑惑の渦中《かちゅう》にいるのが、新妻の松金由佳利だ。彼女が夫を殺害したのではないか。そして、財産を独り占めにしようとしているのではないか。そんな憶測が飛び交い、今やテレビのワイドショーで彼女を見ない日はない。

なるほど、それが真実だとしたら、実に恐ろしきは、女なり。

あるいは、認知も彼女が書いた筋書きなのかもしれない……。

いずれにしても。数年経《た》てば失踪《しっそう》が成立し、晴れて財産は松金由佳利のものだ。

＋

「……ああ、この部分は」

編集者の視線が、ちらりと揺れた。そして、慌《あわ》てて付箋《ふせん》を引きはがすと、その一枚をぺたりと原稿に貼付《はりつ》けた。

「なにか？」

私は、手にしたコーヒーカップを、ゆっくりとソーサーに戻した。

老舗《しにせ》出版社、轟《とどろき》書房。その自社ビルの最上階にある会議室に、私は通されていた。テーブルの向こうに座るのは、この道十五年の、ベテランの女性編集者。いわゆる、私の〝担当〟だ。

私は、作家になっていた。それもミステリー作家。去年、轟書房が主催するミステリー新人賞を受賞しデビュー、ようやく長年の夢が叶《かな》ったというわけだ。

今は、デビュー二作目の短篇にとりかかっているところだ。が、これがなかなかうまくいかない。五つもプロットを提出したが、どれもボツ。それならば……と、とっておきのネタで勝負することにした。

それは、私自身が体験した一連の事件だ。そう、『ミツコ調査事務所』で経験した事件の数々。それらの事件を元にしたミステリーのプロットを提出したとき、ようやく編集者からゴーサインが出た。あれから二ヶ月。寝食もなげうって仕上げた原稿に、今、付箋がぺたりと貼られた。

「なにか、ありましたか？　読みにくいとか？」

そう、私は、手書きで原稿を仕上げていた。今時、手書きなど珍しい。手書き原稿を嫌がる編集者も多いと聞く。それに敢《あ》えて挑戦したのは、この原稿が特別だからだ。キーボードをちゃっちゃっと打って、安易に仕上げたくはなかったからだ。なにしろ、この作品は、私の人生そのもの。一文字一文字、心を込めて書き上げたかった。でも――。

「やはり、手書きでは読みづらかったですか？」

訊《き》くと、

「ううん、そうではなくて。……この件《くだり》」言いながら、担当は、

『ちなみに。莫大な遺産を手に入れた住吉隼人は、今や行方知れず。殺害されたとも言われているが、その疑惑の渦中にいるのが、新妻の松金由佳利だ。彼女が夫を殺害したのではないか。そして、財産を独り占めにしようとしているのではないか』

の部分に、指の先を置いた。

「松金由佳利の実名はまずい。それ以前に、松金由佳利の疑惑に触れるのは、ちょっと——」

「どうしてですか？」

「あの女、思った以上に手強《てごわ》いのよ。うちの週刊誌を訴えてきた。名誉毀損《きそん》でね。確たる証拠もないのに、記事をでっちあげるなって」

「でも、松金由佳利は黒ですよ、明らかに」

「それでも、物的証拠はない」

「でも——」

「とにかく、ここは削りましょう」

言いながら、赤ペンを握りしめると、担当は大きくバッテンを描いた。

………。

心を込めて書いた文章が、あっけなく朱にまみれる。

呆然《ぼうぜん》と眺めていると、

「で、確認だけど。……ここに書かれていることって、本当に全部〝真実〟？」

と、担当がこちらに身を乗り出してきた。

「はい。そうです。真実です」

「ふーん」

そして、担当は、赤ペンを置くと改めて原稿用紙を捲《めく》った。

＋

松金由佳利については、興味深い話がある。

松金由佳利が、風俗嬢のアルバイトをしていたという噂《うわさ》だ。

ある週刊誌がすっぱ抜いたのだが、その情報を週刊誌に持ち込んだのは、誰あろう、この私だ。

実は、例の住吉隼人からの依頼を調査中に、ひょんなことから、松金由佳利の素性を知ることになったのだ。

それにしても、〝ひょんなことから〟というのは、なんと都合のいい言葉であろうか。この言葉ひとつで、だらだらとした説明やら不都合な経緯をさくっと省くことができる。が、私には、それがなにかとてつもなく不誠実に思えるのだ。だから、前言の〝ひょんなこと〟を撤回し、はじめから説明しようと思う。

当時、私は、ある風俗店でアルバイトをしていた。

調査事務所の給料だけでは苦しいからだ。手取り平均二十二万円。充分だと思う人もいるかもしれないが、調査によっては持ち出しも結構ある。もちろん、それは経費としていつかは返ってくるが、それまで待てないのが、日々の生活というやつである。

そう、当時の私は、困窮していた。その原因の大半は、奨学金の返済だ。約六百万円借りていた私は、月に五万円ほど返済しなければならなかった。二十二万円から五万円を引くと、十七万円。そこから家賃だ光熱費だを引くと、とてもじゃないけれど、貯金なんかできやしない。そこではじめたのが、風俗のアルバイトだ。週に三回、一日三時間ほどの労働で、月に十万円にはなる。大きな収入源だ。

特別な話ではない。私が働いていた店では、主婦から学生、中には保育士や看護師、小学校の先生までいた。昔のように、男に騙《だま》されて……とか、借金のカタに……とか、そんな理由で働く人はほとんどいない。みな、生活費の足しに、パート感覚で風俗をはじめる。私もまた、大学生の頃にこの世界に足を踏み入れた。そのときは渋谷だったが、そのあとも新宿、大塚と転々として、高田馬場で落ち着いた形だ。

松金由佳利の噂を聞いたのは、高田馬場の風俗店だ。風俗嬢仲間たちと世間話をしていたときだ。今までどういう客を相手にしてきたか……という他愛のない話だったが、いつのまにか、どれだけ凄《すご》い客を相手にしてきたかという見栄《みえ》バトルのようになっていき、そんなときに、住吉隼人の名前が出てきたのである。しかも、一人ではない。そこにいた風俗嬢の全員の口から出てきた。住吉隼人は風俗遊びも盛んだったようで、都内のほとんどの風俗店を総なめにしている。そして、あちこちで悪評を残している。なんでも、信じられないぐらい金に汚い男で、プレイ料金を値切るわ、踏み倒すわ、風俗嬢を脅して金を騙しとるわの悪行三昧《ざんまい》。抗議すると、暴力団の名前をちらつかせる、絵に描いたようなモンスターカスタマーだった。

そんな悪名高い住吉隼人を掌《てのひら》で転がしている風俗嬢がいるという。それが、松金由佳利だ。

松金由佳利と同じ店にいたことがあるという、ある風俗嬢は言った。

「地方から東京の有名私立大学に進んだはいいけれど、周囲はキラキラしたおしゃれ女子大生ばかり。コンプレックスを刺激されて、背伸びしたんだろうね。クレジットカードでキャッシングを重ねて、気がつけば借金地獄。そして、風俗嬢。よくある話よ。あの子、よく話していた。生まれながらの金持ちが許せない。特に、後輩のあいつが許せない。冴《さ》えない小娘のくせして億万長者。熱海の億ションで温泉なんかにつかって。……悔しい。必ず、その財産を残らず奪い取ってやる……って」

松金由佳利を知る、もう一人の風俗嬢は、こんなことも言っていた。

「由佳利のヤツ、いいカモを見つけたって。その人と、今度ハワイで結婚式を挙げるってさ。ウン千万円かけて。……いったい、カモにされた相手は誰なんだろうね……と噂していたら、結婚式の招待状が来て。なんと、その相手は、あの金に汚い住吉隼人。マジかって思ったわよ。だって、あの男に、そんな甲斐性《かいしょう》があるとは思えないもん。……もしかして、高額の保険金でもかけて殺害する気か……って」

そんな冗談を言い合っていた矢先に、住吉隼人に、多額の遺産が転がり込んできた。

その経緯は、こうだ。自分の子供でもないのに資産家の娘を一方的に認知。その後、その娘は死亡。祖母も母も失《な》くしている娘の遺産は、そのまま住吉隼人のものとなった。その額三十五億円。……が、住吉隼人はそのあと失踪。このまま行けば、三十五億円は、松金由佳利のものになる。

「その財産を残らず奪い取ってやる」という松金由佳利の予告が、的中した形だ。

＋

「……で、もう一度確認だけど。これ、〝真実〟なの？」

担当編集者は、赤ペンを握りしめたまま表情を強ばらせた。が、その瞳《ひとみ》の奥には、好奇心の光が見え隠れしている。

「真実です。……でも、やっぱり削除したほうがいいですよね？　松金由佳利からクレームが入るんですよね？」

「そうね、削除したほうが……」

担当編集者は、赤ペンの先を原稿用紙の上に置いた。が、「うーん……」と唸《うな》り続け、ついにはそのペンの先を原稿用紙から浮かせた。そして、小さく「保留」と呟《つぶや》くと、赤ペンを置き、原稿用紙を捲った。

＋

疑惑の松金由佳利。

が、私はそれ以上に悪い女を知っている。

その女もまた、風俗嬢だった。

源氏名『ブラック・ダリア』。

ブラック・ダリアとは、アメリカの未解決事件「ブラック・ダリア事件」に由来する。

今から七十二年前の、一九四七年一月十五日、アメリカはロサンゼルスの公園で、顔面を切り裂かれ、胴体をまっぷたつに切断された女の惨殺《ざんさつ》死体が発見された。検死の結果、生きながらに胴体を切断されたことが分かった。切断中に失血により死亡したのである。

なんともむごたらしい死である。

しかも、彼女は、数日間に及ぶ拷問《ごうもん》を受けていたことも分かっている。体中に拷問の跡がのこり、その拷問の最中《さなか》、胴体を切断しているときに息絶えた。

しかも、膣《ちつ》や肛門《こうもん》には抉《えぐ》り取られた肉が押し込められ、胃には排泄物《はいせつぶつ》が詰められていたという。これほどの陵辱《りょうじょく》があるだろうか?

なぜ、彼女はこれほどまでの残酷な方法で殺害されなくてはならなかったのか。

彼女の名前は、エリザベス・ショート、女優志願の二十二歳。通称、ブラック・ダリア。

その『ブラック・ダリア』を源氏名にした風俗嬢こそが、私が知る中でも最悪の女である。

彼女の本名は日高定子といった。

バカを装《よそお》っているが、かなりの頭脳を持った女である。なにしろ、T大を目指していたそうだ。そんな優等生がなぜ風俗嬢になったのかは知らない。まあ、周囲の期待にこたえきれずドロップアウトした口だろう。よくある話だ。いずれにしても、彼女は、高田馬場にある風俗店、『エログロ』のナンバーワンだった。

私も、そこでアルバイトをしていたことがあった。なぜなら、ミツコ調査事務所の隣のビルで、通勤に便利だったからだ。

同じように考えた人が他にもいた。Nだ。Nも、ミツコ調査事務所で働きながら、夜は『エログロ』で働いていた。

が、お互い、それは知らぬ振りをした。風俗嬢の仁義というやつだ。店で顔を合わすときもまったくの他人のように接した。オフィスで会ったときもそうだ。だから、ミツコ先生はまったく知らなかったと思う。私とNが、風俗嬢だったことは。しかも、同じ店で働いていたことは。

さて。その日高定子が、ミツコ調査事務所のドアを叩《たた》いた。

そう、二〇一七年の八月、お盆休み前。

その姿を見て、Nはぎょっとしたことだろう。もしかして、風俗のアルバイトをしていることをバラしにきたのかと。

というのも、その前日、ちょっとした諍《いさか》いがあったからだ。

その諍いの原因を簡単に説明するとこうだ。

前年、日高定子が『ブラック・ダリア』の源氏名を奪われた。

Nに。

『ブラック・ダリア』というのは、『エログロ』の看板。ナンバーワンの風俗嬢だけが名乗ることを許されている。その名誉ある源氏名を、Nに奪われたのだ。

Nは、年齢も見た目も、どちらかというと〝おばさん〟の域に入る。が、そのおばさん特有のきめ細かいおもてなしと気安さが客に受け、あっというまにナンバーワンに駆けのぼったのだ。

おもしろくないのは、日高定子だ。若さを売りにしてきたのに、あっけなくおばさんに負けてしまった。

「全然気にしてないよ」なんて言いながら、その瞳の奥には嫉妬《しっと》の炎がメラメラ。そんな炎をさらに煽《あお》るかのように、彼女の上得意の客までもが、Nを指名してきた。

本当は、御法度《ごはっと》だ。その店では、一度指名したら、ずっとその子を指名しなくてはならない暗黙のルールがあった。風俗嬢とはいえ、そういうルールはホステスやホスト、または美容師と同じ。でなければ、大騒ぎになる。

実際、大騒ぎになった。日高定子はNにつかみかかり、客にも手を上げた。その客の額に、陶器でできたソープ入れを投げつけたのだ。客の額はぱっくり割れて……そう、まるで『愛と誠』の太賀誠のようになってしまった。

その噂は常連客に広まり、日高定子を指名する者は徐々に減っていった。

それでも、日高定子はのさばった。

「あんなしょぼい客たちなんか、こっちから願い下げ」

なにしろ、負けず嫌いの女である。本人もよく言っていた。「私は、スカーレット・オハラも裸足《はだし》で逃げ出すほどの負けず嫌い。負けるぐらいなら、死んだ方がいい」と。

なんで、そこで『風と共に去りぬ』のスカーレット・オハラが出てくるのか。彼女はいつでもそうだ。自分の頭の良さをひけらかすように、古典や古い有名人を引っ張りだしてくる。今の若い子は知らない名前ばかりだ。案の定、そのときも、みんなポカーンとした顔になった。

が、ひとりだけ、

「じゃ、あなたの源氏名、『スカーレット』にしたら？」

と言った者がいた。それが、Nである。

まさに、火に油。

Nは、人の怒りを買うことを喜んでいる節があった。根っからのトリックスターなのかもしれない。そう、引っ掻《か》き回し屋。人の弱点を見つけては挑発して怒らせ、無邪気に怒りの炎に油を注ぎまくる。

「え？　スカーレット《赤》じゃ物足りない？　やっぱり、ブラック《黒》・ダリアがいいの？」

Nは続けた。「わたしはブラック・ダリアより、スカーレットのほうがいいな。黒より、赤いバラのほうが好きだもん。ブラック・ダリアという源氏名、あなたに返上するわよ」

オーナーも承知した。『ブラック・ダリア』という称号が戻ってきたら、日高定子の奇行もおさまるんじゃないか。そんな考えからだったが、なぜ、そこまで日高定子の肩を持つのか。不思議だったけれど、後で分かった。日高定子は、オーナーの親友の孫だった。

が、さすがのオーナーもお手上げな事件が起きた。日高定子が、ナイフを手に、Nに飛びかかったのである。咄嗟《とっさ》にオーナーが止めたので事なきを得たが、オーナーは日高定子を解雇せざるを得なくなった。

Nが、警察沙汰《ざた》にすると騒いだからだ。

オーナーは、日高定子を解雇する代わりに警察沙汰にすることだけはやめてくれ……と懇願。Nは、それを渋々受け入れた。

そんな騒ぎがあった翌日、日高定子は、ミツコ調査事務所のドアを叩いたのだ。

表向きは、ネットに自分のことが書かれている……という相談だったようだが。インターペディアというウェブ百科事典に、自分の予告が書かれていると。

どの口が言う？　という感じだ。なぜなら、そのインターペディアの記事は自作自演だからだ。

日高定子にインターペディアのことを教えたのは、何を隠そう、私だ。日高定子はおもしろがって、自分のページを作った。それはルール違反だと何度も止めたが、彼女はおかまいなしだった。

そう、すべてが、自作自演なのだ。

インターペディアの記事も、そして、ペットのウサギのラブちゃんが死んだのも。

そうなのだ。あのウサギは、日高定子が殺したのだ。初めてのことではない。日高定子はストレス解消のために、小動物を買ってきては、それを憂さ晴らしの対象にしてきた。そのウサギの死体を捨てたのだって、一度や二度ではない。彼女にとっては、ルーチンのようなものなのだ。

それを今回、わざわざ第三者の悪行のように仕立て、インターペディアに予言という形で投稿したのは、彼女の計画の内だろう。

自分を付け狙《ねら》う悪意の第三者。その第三者に自分は殺害される……という筋書きだ。ミツコ先生は、その筋書きの証言者として選ばれただけだ。

そして、ミツコ調査事務所のドアを叩いたその日の夜。スタッフがみな帰ったあと事務所に忍び込み、計画を実行。

が、誤算だったのは、ミツコ先生が、その翌日、休日出勤してきたことだ。

日高定子の計画では、別の人間にあの惨殺死体を発見させる段取りであった。そして、その人間を犯人に仕立て、牢屋《ろうや》に送り込むのが目的だ。

そう、自分をないがしろにした客に。

額に傷がある、あの客に。

あのビルの管理人をしている男に。

なんとも皮肉な話だ。その男こそ、血の繋がった自分の祖父だというのに。それを知ってか知らずか、日高定子は、その男を社会的に抹殺しようと計画したのだ。日高定子は、負けず嫌いな上に、執念深い女だ。自分でもよく言っていた。自分がこんなに執念深いのは、〝サダコ〟という名前のせいだ。祖父がつけたという、この名前。阿部定《あべさだ》に、ホラーの貞子《さだこ》。この名前の女は、みな執念深い……と。が、結果として、日高定子の死体を発見したのは、どんな運命のいたずらか、ミツコ先生だった。

そしてミツコ先生は逮捕され、挙句、留置場で自殺してしまった。

こんなとばっちりがあるだろうか？

＋

「えええ……」

担当編集者は、なんとも表現しづらい声を漏らし続けた。すでに、その手には赤ペンはない。哀れな赤ペンは、先ほど主《あるじ》の肘《ひじ》で小突かれて、床に転がり落ちた。今は、主の靴の先。もう少しで、その下敷きになろうとしている。

「 えええ……」

担当編集者の変な声が止まらない。

「どうしました？　読めないところがありますか？」

私は、声をかけてみた。

「え？」

担当は、今ようやく気がついたというように、はっと視線を上げた。

その両目は、まるでプールから上がった小学生の目のように真っ赤に充血している。

「えっと、その」

口ごもりながらも、担当は、編集者としての威厳を保たなくてはならないと闇雲《やみくも》に咳《せき》払いをはじめた。

「大丈夫ですか？　風邪ですか？」

私は、惚《とぼ》けた調子で訊いてみた。

「ううん、大丈夫」

担当の声が、ようやく落ち着いた。が、その指先は、なにかを訴えるように小刻みに震えている。

「で、この原稿は……」担当は、指の先を原稿用紙で隠しながら言った。

「……もう一度確認するけど、〝真実〟なの？」

「はい、真実です」

「でも、小説よね？」

「もちろん、小説です。でも、……真実を元に書きました」

「そう。じゃ、一応、フィクションってことね」

「はい。そういうことにしておいてください。でないと、今度は、私が狙われますから」

「狙われる？　誰に？」

「日高定子に」

「でも、日高定子って、殺害されたのよね？　覚えているわよ、あの事件。現在のブラック・ダリア事件ってことで、大騒ぎになった事件よね」

「はい、そうです。その事件で、姉が逮捕され、そして留置場で自殺しました」

「その自殺をきっかけに、報道熱も一気に冷めたのよね」

「そうです。でも、私は訴えたいのです。姉……ミツコ先生は、無実だと」

「どういうこと？」

「姉は、弁護士に嘘《うそ》の真犯人を吹き込まれて……それで絶望して自殺してしまいました。でも違うんです。真犯人は、その人ではない」

「お姉さんが無実だとして、じゃ、真犯人は誰なの？」

「だから、日高定子です」

「は？」

「そのことを小説に盛り込もうかどうか迷っているんです。真犯人のことに言及したほうがいいでしょうか？」

「いやいや、ちょっと待って」担当は、乾いた笑いを浮かべながら、ボブカットの前髪を掻き毟《むし》りだした。「……それでなくても、私、動揺しているのよ。あなたが、あの事件の容疑者の妹だということだけでも驚いているのに、真犯人が別にいるって？」

「はい、そうです。真犯人は、日高定子です」

「だから、待って。日高定子は、殺害されたのよ？」

「違います。彼女は死んではいません」

「じゃ、誰が死んだの？　顔をめちゃくちゃに切り刻まれて、胴体を切断されたのは、誰？」

「それは。……Nです」

「N?」

「はい。その小説にも出てきましたでしょう？　日高定子から『ブラック・ダリア』の称号を奪った女です。……ミツコ調査事務所のスタッフだった――」

「ミツコ調査事務所のスタッフだった人なの？」

「そうです。Nもまた、ミツコ調査事務所で働いていました。……で、日高定子は、仲直りの印に一緒に遠征に行かせて！　とかなんとかNを油断させ、そして誘《おび》き出し、犯行に及びました。……ちなみに、〝遠征〟とは、韓国に行くことです。Nは、K―POPのあるグループが好きだったもんで」

「だから、Nって誰？　具体的に、誰？」

「具体的に言うと、……根元沙織です」

「はぁぁ？」

担当は、発情期の鶴《つる》のような、場違いな声を上げた。そして、しばらく前髪を掻き毟っていたが、ふぅぅぅと息を吐き出すと、またもや乾いた笑いを浮かべた。

「根元沙織って、誰？」

「だから、ミツコ先生の、もう一人の妹です」

「妹？」

「私にとっては、種違いの姉になります。姉と呼びたくないほど、イヤな女でしたけどね。意地悪で、下品で、傲慢《ごうまん》で。ただのおばさんのクセに偉そうで」

「……種違い？」

「はい。私たちの母は本当に奔放な女性で。一度目の結婚でミツコ先生と根本沙織を産んで、そのあと、離婚。根本沙織は母に引き取られましたが、すぐに再婚。継父の虐待《ぎゃくたい》にあい、根本沙織は施設に預けられます。そのあと母は違う男と同棲《どうせい》。そこで生まれたのが、私です」

「……複雑ね」

「そう、複雑なんです。母のせいで、私たち姉妹は、困難続きです。もっとも、ミツコ先生だけは、母と離れたおかげで順風満帆な人生を歩んできましたが。それにしても。……ミツコ先生、まさか、もうひとり妹がいたなんて、知らなかったんだろうな」

「ということは、あなたは、そのことは黙って？」

「はい。淫乱《いんらん》な母のせいで、私も施設に送られて。その施設で、散々な目に合いました。特に、施設の先生には、ひどい仕打ちを受けて……。〝ホウレンソウ〟が口癖の、嫌な男です。でも、体の相性は良かった。嫌いで嫌いで仕方ないのに、体はあの男を求めていたんです。……本当に、矛盾した日々でした。あの男に自ら足を開きながら、私は思ったものです。いつか、見返してやる。いつか、私も先生になって、この男を見返してやるって。なのに、先生は言いました。『お前のような人間が先生になれるはずもない。逆立ちしても無理だ』って。でも、私、信じていたんです。私にもきっと、救いがあるって。それを信じて、自分の家族を調べて、そして、ミツコ先生を知ったのです。ほら、やっぱり、私にも救いがあった。私にはこんな立派な姉がいたんだって。でも、姉にしてみれば、私のような妹は汚点でしかありません。だから、黙っていました」

「……なるほど」なにが〝なるほど〟なのかよく分からなかったが、そう言うしかないという感じで、担当は頷《うなず》いた。が、

「いやいや、そうではなくて。……日高定子は殺害されたのよ。いくらなんでも、警察がそれを間違えるはずはない」

「そうでもないようですよ。なにしろ、死体の顔はぐちゃぐちゃ。胴体だって、切断されて。個人を特定できるような状態ではなかった」

「でも、DNA鑑定で――」

「それは、身内がいない場合ですよ。日高定子の場合は、祖父がいました。『エログ

ロ』の常連客で、ビルの管理人の、たった一人の身内。その人が死体を見て、『孫に間違いない』と。そうなれば、もう、鑑定なんか必要ないんです。現実の警察なんか、そんなものですよ。ドラマや小説のようにはいかない。いちいち、鑑定なんかしている暇なんてないんです。……私の夫のときもそうでした」

「あなた、結婚していたの？」

「はい。夫は弁護士でした。でも、去年、亡《な》くなりました。脳梗塞《のうこうそく》で」

「……なるほど」担当は、またもや中身のない〝なるほど〟を呟いた。こうなると、癖なのかもしれない。混乱しているときに出る、口癖。それを裏付けるかのように、担当は、さらに前髪を掻き毟りながら言った。「…… いや、いや、そうではなくて。……いくらなんでも、まったくの別人だなんて、とても信じられない」

「それが、真実です」

「でも、警察が——」

「容疑者も自殺。警察としては、そこで手打ちにするしかないんです。マスコミだって、それで終わりにしたじゃないですか」

「確かに、そうだけど」

「まさに、完全犯罪。凄《すご》いです。さすがは、私の教え子」

「……教え子？」

「はい。日高定子は、私の教え子でもありました。いろんな悪事を教えました。でも、ここまで完璧《かんぺき》にやるとは思っていなかった。きっと、今頃は、まったくの別人になって、しれっと生活しているんだろうな……」

「…………」

「日高定子はよくやってくれました。あの下品なおばさん……根元沙織を消してくれたんだから。ほんと、せいせいしました。……なんだかんだで、ミツコ先生もいなくなったし。これはおまけみたいなものですが。……ラッキーって感じです。だって、私、本当はミツコ先生のこと嫌いだったんです。立派な姉だと思っていたら、ただの痛いおばさんで。ガッカリでした。あんな人の妹だと思うと恥ずかしくて。……しかも、根元沙織と共謀して私を追い出したりして。何様って感じです。ただのババアのくせして。……だから、私――」

「……だから？」

「ふふふ。なんでもないです。ご想像にお任せします」

「…………」

「私、小さい頃からミステリーが大好きで。施設にいたときも、ミステリー小説ばかり読んでいました。ミステリーがあったから、なんとか日々の虐待にも耐えることができたんです。いじめられる度に、頭の中で計画するんです。目障《めざわ》りな人を完全に消し去る方法を。……完全犯罪の殺人を」

「………」

「でも、これからは、完全犯罪は小説だけにします。私、ようやく小説家になれたんですから。ようやく、先生になれたんですから」

「先生？」

「はい。……小説家って、先生って呼ばれるんですよね？」

「まあ、そうだけど。でも、今は、先生って呼ばれるのを嫌がる方も多いからね。昔程はそう呼ばないわ」

「そうなんですか？　でも、私は、嫌がりませんので。どうぞ、〝先生〟と呼んでください」

「………」

「呼んでください、先生って」

「………」

「私、いい仕事しますよ。だって、ネタならたくさんある。世の中では未解決といわれている事件の真相だっていくつか知っている。これらをネタにして小説を書けば、間違いなく、ベストセラーですよ。……ね、私と一緒に、ベストセラーだしましょうよ。あなただって、ここ数年、ヒット作には恵まれてないんでしょう? このままでは、契約を解除されるかもしれないんでしょう? 知ってますよ。あなた、契約社員なんですよね?」

「………」

「だから、呼んでください、私のことを〝先生〟って」

担当は、しばらくは前髪を掻き毟っていたが、ふと視線を上げると、唐突に言った。

「あ、赤ペン。赤ペンはどこにやったかしら」

「足下にありますよ」

「あらー、こんなところに。……ああ、もうこんな時間ね。私、会議があるんですよ」

「この小説はどうなりますか?」

「それは、改めて、連絡しますね。編集長に見せてから」

「そうですか。……ご連絡は、いつ?」

「……来週の頭ぐらいかな……」

「そうですか。では、お待ちしています」

と、立ち上がったとき、

「先生」

担当が、ようやくそう呼んだ。

担当の表情は、先ほどとはまったく違っていた。なにか、覚悟を決めたようだった。

この小説で、一発当ててやろう……そんな気合が込められた表情だ。

「先生」

担当は、繰り返した。

ああ、なんて素敵な響き。先生、先生、センセイ……そう呼ばれたくて、私の今までの人生はあったようなものだ。これで、すべてが報われる。これで、すべての復讐《ふくしゅう》が終わる。

「先生」

担当が、さらに繰り返した。

「なんでしょう?」

私は、先生の威厳たっぷりに、言った。「他にも、なにかありますか?」

「先生のペンネームについてなんですが」

「ペンネーム？」

「はい。いつだったか、ペンネームを変えたいとおっしゃってましたので」

「ああ。そのことですね。デビューのときは、勢いで変わった名前をつけてしまいましたが。やっぱり、『冥途《めいど》福子《ふくこ》』じゃ、ふざけすぎているな……と思いまして。……本名で勝負したいんです。だから、この短篇から、本名でお願いします。『永山乃亜』で、お願いします」

「永山乃亜ですね。分かりました。これも編集長と相談してみます」

「いいお返事を待っています。では、今日はこれで失礼します」

〈参考サイト〉
■Wikipedia
■殺人博物館（https://www.madisons.jp/murder/text/blackdahlia.html）

〈参考文献〉
■『ブラック・ダリア』ジェイムズ・エルロイ著、吉野美恵子訳（文春文庫）

この作品は二〇一九年五月新潮社より刊行された。

芦沢央著
許されようとは思いません
入社三年目、いつも最下位だった営業成績が大きく上がった修哉。だが、何かがおかしい。どんでん返し100％のミステリー短編集。

秋吉理香子著
鏡じかけの夢
その鏡は、願いを叶える。心に秘めた黒い欲望が膨れ上がり、残酷な運命が待ち受ける。『暗黒女子』著者による究極のイヤミス連作。

石田衣良著
夜の桃
少女のような女との出会いが、底知れぬ恋の始まりだった。禁断の関係ゆえに深まる性愛を究極まで描き切った衝撃の恋愛官能小説。

板倉俊之著
蟻地獄
異才芸人・板倉俊之が、転落人生から這い上がろうとする若者の姿を圧倒的筆力で描く、超弩級ノンストップ・エンタテインメント！

一條次郎著
レプリカたちの夜
新潮ミステリー大賞受賞
動物レプリカ工場に勤める往本は深夜、シロクマと遭遇した。混沌と不条理の息づく世界を卓越したユーモアと圧倒的筆力で描く傑作。

乾くるみ著
物件探偵
格安、駅近など好条件でも実は危険が。事故物件のチェックでは見抜けない「謎」を不動産のプロが解明する物件ミステリー6話収録。

榎田ユウリ著

ここで死神から残念なお知らせです。

「あなた、もう死んでるんですけど」――自分の死に気づかない人間を、問答無用にあの世へと送る、前代未聞、死神お仕事小説！

岡嶋二人著

クラインの壺

僕の見ている世界は本当の世界なのだろうか、それとも……。疑似体験ゲームの制作に関わった青年が仮想現実の世界に囚われていく。

恩田　陸著

六番目の小夜子

ツムラサヨコ。奇妙なゲームが受け継がれる高校に、謎めいた生徒が転校してきた。青春のきらめきを放つ、伝説のモダン・ホラー。

奥田英朗著

噂　の　女

男たちを虜にすることで、欲望の階段を登ってゆく〝毒婦〟ミユキ。ユーモラス&ダークなノンストップ・エンタテインメント！

垣谷美雨著

うちの子が結婚しないので

老後の心配より先に、私たちにはやることがある――さがせ、娘の結婚相手！　社会派エンタメ小説の旗手が描く親婚活サバイバル！

柿村将彦著

隣のずこずこ

日本ファンタジーノベル大賞受賞

村を焼き、皆を丸呑みする伝説の「権三郎狸」が本当に現れた。中三のはじめは抗おうとするが。衝撃のディストピア・ファンタジー！

片岡翔著

ひとでちゃんに殺される

怪死事件の相次ぐ呪われた教室に謎の転校生「縦島ひとで」がやって来た。悪魔のように美しい彼女の正体は!? 学園サスペンスホラー。

越谷オサム著

陽だまりの彼女

彼女がついた、一世一代の嘘。その意味を知ったとき、恋は前代未聞のハッピーエンドへ走り始める——必死で愛しい13年間の恋物語。

桜木紫乃著

ラブレス

島清恋愛文学賞受賞・突然愛を伝えたくなる本大賞受賞

旅芸人、流し、仲居、クラブ歌手……歌を心の糧に波乱万丈な生涯を送った女の一代記。著者の大ブレイク作となった記念碑的な長編。

恩田陸・阿部智里・宇佐美まこと・彩藤アザミ・澤村伊智・清水朔・あさのあつこ・長江俊和著

あなたの後ろにいるだれか

—眠れぬ夜の八つの物語—

恩田陸の学園ホラー、阿部智里の奇妙な怪談、澤村伊智の不気味な都市伝説……人気作家が競作、多彩な恐怖を体感できるアンソロジー。

「新潮45」編集部編

殺人者はそこにいる

—逃げ切れない狂気、非情の13事件—

視線はその刹那、あなたに向けられる……。酸鼻極まる現場から人間の仮面の下に隠された姿が見える。日常に潜む「隣人」の恐怖。

白河三兎著

冬の朝、そっと担任を突き落とす

校舎の窓から飛び降り自殺した担任教師。追い詰めたのは、このクラスの誰？ 痛みを乗り越え成長する高校生たちの罪と贖罪の物語。

月原渉著

使用人探偵シズカ

—横濱異人館殺人事件—

謎の絵の通りに、紳士淑女が縊られていく。「ご主人様、見立て殺人でございます」。奇怪な事件に挑むのは、謎の使用人ツユリシズカ。

長江俊和著

出版禁止

女はなぜ〝心中〟から生還したのか。封印された謎の「ルポ」とは。おぞましい展開と、息を呑むどんでん返し。戦慄のミステリー。

中山七里著

月光のスティグマ

十五年ぶりに現れた初恋の人に重なる、兄殺しの疑惑。あまりにも悲しい真実に息もできない、怒濤のサバイバル・サスペンス！

乃南アサ著

女刑事音道貴子

凍える牙

直木賞受賞

凶悪な獣の牙——。警視庁機動捜査隊員・音道貴子が連続殺人事件に挑む。女性刑事の孤独な闘いが圧倒的共感を集めた超ベストセラー。

花房観音著

うかれ女島

売春島の娼婦だった母親が死んだ。遺されたメモには四人の女の名前。息子は女たちの秘密を探り島へ発つ。衝撃の売春島サスペンス。

早坂吝著

四元館の殺人

—探偵AIのリアル・ディープラーニング—

人工知能科学×館ミステリ!! 雪山の奇怪な館、犯罪オークション、連鎖する変死体、AI探偵の推理が導く驚天動地の犯人は——!?

深町秋生著

ドッグ・メーカー
―警視庁人事一課監察係 黒滝誠治―

同僚を殺したのは誰だ？ 正義のためには手段を選ばぬ〝猛毒〟警部補が美しくも苛烈な女性キャリアと共に警察に巣食う巨悪に挑む。

前川裕著

号泣

女三人の共同生活、忌まわしい過去、不吉な訪問者の影、戦慄の贈り物。恐ろしいのに途中でやめられない、魔的な魅力に満ちた傑作。

麻耶雄嵩著

あぶない叔父さん

高校生の優斗となんでも屋の叔父さんが、奇妙な殺人事件の謎を解く。あぶない名探偵が明かす驚愕の真相は？ 本格ミステリの神髄。

柚木麻子著

BUTTER

男の金と命を次々に狙い、逮捕された梶井真奈子。週刊誌記者の里佳は面会の度、彼女の言動に翻弄される。各紙絶賛の社会派長編！

松嶋智左著

女副署長

全ての署員が容疑対象！ 所轄署内で警部補の刺殺体、副署長の捜査を阻む壁とは。元女性白バイ隊員の著者が警察官の矜持を描く！

道尾秀介著

向日葵の咲かない夏

終業式の日に自殺したはずのS君の声が聞こえる。「僕は殺されたんだ」。夏の冒険の結末は。最注目の新鋭作家が描く、新たな神話。

J・アーチャー
永井淳訳
百万ドルをとり返せ!
株式詐欺にあって無一文になった四人の男たちが、オクスフォード大学の天才的数学教授を中心に、頭脳の限りを尽す絶妙の奪回作戦。

T・ウィリアムズ
小田島雄志訳
欲望という名の電車
ニューオーリアンズの妹夫婦に身を寄せたブランチ。美を求めて現実の前に敗北する女を、粗野で逞しい妹夫婦と対比させて描く名作。

カフカ
高橋義孝訳
変身
朝、目をさますと巨大な毒虫に変っている自分を発見した男——第一次大戦後のドイツの精神的危機、新しきものの待望を託した傑作。

S・キング
永井淳訳
キャリー
狂信的な母を持つ風変りな娘——周囲の残酷な悪意に対抗するキャリーの精神は、やがてバランスを崩して……。超心理学の恐怖小説。

モーパッサン
新庄嘉章訳
女の一生
修道院で教育を受けた清純な娘ジャンヌを主人公に、結婚の夢破れ、最愛の息子に裏切られていく生涯を描いた自然主義小説の代表作。

ホーソン
鈴木重吉訳
緋文字
胸に緋文字の烙印をつけ私生児を抱いた女の毅然とした姿——十七世紀のボストンの町に、信仰と個人の自由を追究した心理小説の名作。

初恋《はつこい》さがし

新潮文庫　ま－64－1

令和四年三月一日発行
令和五年六月五日四刷

著者　真《ま》梨《り》幸《ゆき》子《こ》

発行者　佐藤隆信

発行所　株式会社新潮社

郵便番号　一六二―八七一一
東京都新宿区矢来町七一
電話　編集部(〇三)三二六六―五四四〇
　　　読者係(〇三)三二六六―五一一一
https://www.shinchosha.co.jp

価格はカバーに表示してあります。

乱丁・落丁本は、ご面倒ですが小社読者係宛ご送付ください。送料小社負担にてお取替えいたします。

印刷・錦明印刷株式会社　製本・錦明印刷株式会社

ISBN978-4-10-103761-5　C0193